ET POURTANT, ELLE TOURNE

Maïté Laplume

ET POURTANT, ELLE TOURNE

Robert
Laffont

ISBN : 978-2-221-24934-5
Dépôt légal : janvier 2021
Éditions Robert Laffont – 92, avenue de France 75013 Paris

À Elaia et Gaizka,

« Tu m'as donné ta boue et j'en ai fait de l'or. »

Charles Baudelaire, Ébauche d'un épilogue
pour la deuxième édition des *Fleurs du Mal*, 1861.

La grande dalle en béton brossé est chaude. Les cuisses plaquées au sol, le corps étalé au soleil, les enfants se laissent chatouiller par la chaleur. Allongés les uns à côté des autres, le menton posé sur leurs bras repliés, ils observent l'étage au-dessous.

— Alors ? C'est long ! Quand est-ce qu'il arrive ?

— Ça va venir, ne t'inquiète pas. Sois patiente.

— Ne tournez pas la tête, les filles. On garde les yeux cloués au sol.

Concentrés, immobiles, presque sans respirer, les quatre enfants attendent. Au bord de cette terrasse, ils fixent une rigole en rez-de-jardin tapissée de grands carreaux clairs. Le soleil brûle, blanc. Leurs mollets commencent à rougir, mais ils ne bougent pas d'un centimètre.

Lorsque, enfin, il vient.

Le sang.

Un sang lent, bouillant, sur les dalles. Un sang cerise, épais comme une coulée de lave.

Hypnotisés, Latzari, Alexandre, Marie et Lili contemplent ce ruisseau qui devient rivière, qui devient fleuve, qui devient tumulte.

— C'est beau…

— Il ne souffre pas, le mouton ?

Oui, le sol de lait et le jus cramoisi. Fracassant, grondant, comme une vague géante qui fera taire le chant des roitelets. La lame aiguisée a tranché, puissante, nette, le cou de l'agneau. Les yeux révulsés, la langue pendante, la bête se vide en douceur.

Latzari glisse dans le liquide ravageur. Elle se laisse engloutir. Le sang versé par Abraham, le sang de la soumission, de l'abandon à Dieu, est celui de son innocence arrachée et de son sacrifice.

Alexandre, Marie et Lili la regardent sombrer. Impassibles.

Il vient.

Le sang.

Je me réveille.

Fin août 1983. Quand l'avion se pose sur le tarmac de l'aéroport de Constantine, j'ai le nez collé au hublot. Je ne veux pas en perdre une miette. Les premières images d'Algérie qui s'impriment sur mes rétines sont les étendues planes, rasées, sèches des pourtours de la piste. Quelques lapins y gambadent çà et là, tandis que l'avion progresse, nonchalant, jusqu'au terminal. La tour de contrôle m'apparaît.

Soudain, le trac. La porte de l'appareil va s'ouvrir une fois de plus sur l'inconnu, comme tous les trois ans, au gré des affectations de mon père. Alexandre, mon frère, Marie, ma sœur cadette, et Lili, la petite dernière, s'étirent, attrapent leurs gilets, leurs sacs à dos, pendant que ma mère s'assure que nous ne laissons rien derrière nous. Moi, Latzari, je dois veiller sur notre jeune chienne Bella qui gigote dans son panier. Un à un, nous avançons en rang serré vers le couloir. Je salue poliment les hôtesses postées de part et d'autre de la sortie, leurs mains croisées sur le bas-ventre.

Sur l'escalier de débarquement, l'air me fouette le visage – un air chaud d'Afrique, exotique, humide, un air que j'aime d'instinct. Puis vient l'odeur, immédiatement, cette odeur si familière. Le tarmac sent : mélange de kérosène, de métal, de goudron, de cuir, de plastique, de sueurs et d'haleines de pays crachés par les avions. Les avions crachent et je me délecte de leurs vapeurs.

Je descends les marches en métal avec prudence, un peu hébétée par le vol, tenant la rambarde de ma main droite et serrant dans la main gauche le panier dans lequel Bella se tient enfin sage. Puis, tel Neil Armstrong, je pose un premier pied sur le sol. Et, à ce moment précis, je sais. Je suis envahie. Sans pouvoir l'expliquer, mon corps porte déjà l'empreinte des couleurs, saveurs, senteurs uniques de ce pays. L'Algérie, ma superbe, Constantine ma sublime, ma forcenée.

Mes parents viennent de se poser dans le monde suivant, transportant dans leurs bagages une marmaille virevoltante. Ils emportent avec eux leurs cantines remplies des vies passées, drapés de fierté – celle d'habiter la Terre en nomades. Nous ne sommes pas déracinés, nous sommes des plantes hors sol, des tillandsias, filles de l'air qui s'ancrent dans le vent et poussent sur des roches. Nous ne prenons jamais racine, nous voguons allègrement avec, en ligne de mire, une maison en France où nous ne faisons que passer, qu'on appelle « chez nous ». Vous êtes d'où ? On est de « là-bas ». Pirouette qui permet de répondre à cette question incongrue pour nous, perpétuels voyageurs. Au fond, nous ne sommes pas d'un endroit précis ; nous sommes les Luma, avec Bernard, le père, qui marche au-devant, et Soledad, la mère, qui le suit, lui, Bernard, le père.

Bernard et Soledad se sont rencontrés quand ils avaient vingt ans. Soledad avait quitté sa campagne brumeuse au pied des Pyrénées espagnoles pour étudier le français à la Sorbonne. Elle travaillait comme fille au pair chez un couple de chercheurs en banlieue. Dans le même quartier, Bernard était l'aîné d'une fratrie de six enfants. Son père, ingénieur dans une prestigieuse entreprise, et sa mère, femme au foyer, coulaient des jours tranquilles dans une grande maison en meulière. Une soirée chez une connaissance commune – lui le cheveu légèrement gominé et le pantalon à pinces ; elle, ballerines et petit pantalon taille haute découvrant ses chevilles : le tour était joué. Ils se sont aimés. Peu après, ils se sont mariés contre l'avis du père de Bernard qui voyait d'un très mauvais œil que son fils épouse une petite Espagnole sans le sou. Mais Bernard n'avait pas hésité à taper du poing sur la table : il en serait selon sa volonté. Et sa volonté fut faite.

Bernard avait passé l'examen pour devenir pilote et l'avait raté, au moment où Soledad tombait enceinte de moi. Par la suite, elle le serait tous les deux ou trois ans, tout en étudiant la littérature espagnole à l'université quand elle ne suivait pas son mari dans ses différentes affectations. Car Bernard avait fini par entrer à Air France « par la *petite* porte », comme on disait dans la famille. Il ne deviendrait pas le grand pilote tant espéré, mais au moins il pourrait faire carrière. Les Luma ont ainsi commencé à changer tous les trois, quatre ans de lieu de vie – en province, à l'étranger, au gré des mutations de Bernard qui lui faisaient doucement gravir les échelons de la compagnie, jusqu'à devenir chef. Soledad, elle, n'avait pas de réelles ambitions personnelles. Ses études supérieures lui permettaient d'enseigner, et sa passion pour le yoga (qui lui vint très tôt) la porta à devenir professeure, encore. Si bien qu'à chaque endroit où s'installaient les Luma, Soledad dénichait toujours des cours à donner.

Couple idéal, famille idéale. Même vision du monde : la compassion catholique, l'équité socialiste. Ils voulaient avoir quatre enfants avant leurs trente ans, être des parents jeunes, voyager. Ils aimaient la musique, le chant, la bonne chère, les sorties culturelles et les fêtes, l'Amérique latine. Ils se disputaient rarement et, s'ils n'étaient pas d'accord, ils s'en expliquaient toujours entre quatre yeux. Ils se répartissaient les tâches de la maison : Bernard le bricolage, Soledad la cuisine (parfois l'inverse, pourquoi pas l'inverse). Souvent, ils dînaient à l'extérieur et, au moins une fois par an, ils voyageaient en amoureux – une équipe de quatre se gère si facilement, surtout si l'aînée est mature, responsable, maternante. Ils accrochaient de beaux tableaux aux murs, murs qu'ils couvraient aussi de livres. Dans chaque pièce, ils disposaient des tas d'objets originaux, vestiges de leurs pérégrinations. Chez eux, le tourne-disque restait allumé toute la journée. Ils avaient demandé à leurs enfants de choisir chacun un instrument de musique et un sport.

Quand l'un d'eux rentrait de l'école avec un 18, ils lui disaient : « Pourquoi pas 20 ? » Ils voulaient s'aimer dans la joie, ainsi, jusqu'à la fin de leurs jours.

Couple idéal, famille idéale. Et dans les trous béants biens cachés, l'innommable.

Je marche doucement, impressionnée, vers l'aérogare. Le bitume colle un peu à mes semelles. Mon regard enregistre chaque détail du paysage. En haut du bâtiment principal, les lettres arabes sont monumentales. Tout me semble spectaculaire. Bernard est posté devant l'une des grandes portes vitrées – la *petite porte* a disparu. Il est arrivé quelques semaines avant nous afin d'anticiper notre installation. Et l'aéroport de Constantine est désormais son domaine : chef d'escale Air France éminemment respecté, il se déplace dans ses allées, ses couloirs, rapide comme un patineur sur glace. Rien ni personne ne lui échappe.

Quand le vol en provenance de Paris atterrit, Bernard est à son poste depuis de longues heures déjà. Derrière la grande baie qui donne sur la piste, il coordonne, un talkie à la main, le grand débarquement. Il se tripote la bouche, le regard fixe. Bernard se tripote toujours la bouche : il pince légèrement la lèvre du bas entre ses deux doigts, presse un peu, relâche, puis recommence. Il gratte aussi, distraitement, à l'aide de l'antenne de son talkie, l'arrière de son oreille droite qui le démange – ou pas.

Tout est calé, tout est prêt, au travail comme à la maison. Il ne reste plus qu'à accueillir l'aléatoire, répondre aux demandes, balayer les tracasseries, affronter les fâcheux, régler, régler et régler encore les problèmes. Y aurait-il de nouveau, parmi les passagers de ce vol, la maman d'un VSNA, volontaire au service national, le sac bourré de saucissons et de jambons recouvrant l'ordinateur qu'elle rapportait à son fiston, dans l'espoir de passer entre les mailles de la douane algérienne ? Ou encore un de ces pauvres bougres qui, à l'heure d'embarquer vers Paris, avait cru bon de faire une plaisanterie potache, « Je ne porte pas de bombe, messieurs » ; ce qui devait l'envoyer illico à la fouille au corps complète ?

Bernard ne bouge pas encore, le regard rivé sur les hommes et les femmes qui descendent de la passerelle et s'acheminent vers le terminal – nous sommes parmi les derniers. Une fois qu'ils ont traversé la piste et rejoint la salle des bagages, le spectacle est lancé : la déferlante des sacs Tati transforme le tapis roulant en un fabuleux étal de marché. De belles valises, d'énormes colis boursouflés, déchirés, des rouleaux de tapis, des ballots de toile, des caisses de toutes tailles, parfois une cage avec un chien, des poussettes, une petite malle coincée entre deux gros gras paquets informes envahissent la halle à une vitesse hypnotique.

Que rapportent-ils tous au pays ? Et comment l'avion s'est-il transformé en une extraordinaire piñata, renfermant mille couleurs, mille surprises, bientôt éparpillées au sol ? Bernard aperçoit un homme et une femme très agités. Ils semblent se disputer un objet, descente de lit ou paillasson, tout droit sorti du faubourg Saint-Antoine. « Allez savoir ! » marmonne-t-il. Elle recule, il gesticule, tendu vers l'avant comme un arc. Depuis son poste, Bernard échappe aux hurlements. Faudra-t-il faire intervenir la sécurité ? Si seulement il pouvait les balancer au beau milieu du tapis roulant, tous les deux les quatre fers en l'air, l'un perdant une chaussure, l'autre ses lunettes… Qu'ils se fassent ravaler par la soute de l'avion, et zou, qu'ils disparaissent une bonne fois pour toutes !

Bernard revient sur terre, il relâche la chair de sa lèvre inférieure. La marque rouge laissée par ses deux doigts dessine, au creux de son menton, un sillon un peu blanc. Il avance au-dehors, s'arrête.

Je le vois qui sourit.

Bernard a confié les clefs de cette journée à son adjoint. Il a prévu un petit programme, il est tout à nous.

D'abord, il va nous conduire à notre nouvelle maison, une grande bâtisse blanc et ocre, un peu biscornue. Elle dispose de plusieurs niveaux, avec une terrasse étroite au-dessus du jardin et une autre, immense, en guise de toit. Le jardin est tout desséché : une fontaine sans eau au centre, un palmier tristounet. La terre y est rouge. Plus que de la terre, de la poussière. En entrant, on se trouve face à un grand escalier, avec de belles marches en pierre qui mènent à l'étage de vie, où la fraîcheur peut se révéler salutaire ou glaçante, selon l'humeur. Chaque pièce ressemble à une salle de bal. La hauteur sous plafond, soulignée par une décoration minimaliste, dégage des volumes tels qu'on peut s'y sentir roi ou reine. Que j'aime cette maison !

Nous avons tout juste le temps de courir dans les couloirs, de nous ébahir devant les chambres, de sauter sur nos lits, de danser dans notre palais, que Bernard nous annonce qu'il va nous faire visiter la ville. Mais qu'allons-nous faire de Bella ? La pauvre est restée dans l'entrée, dans son sac, sans broncher. Je me précipite pour la délivrer et la couvrir de caresses. Quand Bernard a appris qu'il était nommé en Algérie, les parents ont décidé d'adopter un animal de compagnie : quelqu'un leur avait expliqué que, là-bas, les gens avaient la phobie des chiens, et plus spécifiquement des chiens noirs. Si bien que Constantine, dénuée d'aboiements, était le paradis des chats. Notre Bella, berger belge si gentille qu'elle n'effraierait pas la plus petite des mouches, serait la meilleure garantie contre les cambriolages.

Alors, si nous voulons errer en toute liberté à travers les rues de notre nouvelle cité, Bella doit débuter aujourd'hui sa mission de gardienne. En un clin d'œil, Bernard lui déplie une couverture dans la cuisine, dépose au sol une gamelle d'eau et un reste de poulet froid. Alexandre, Marie et Lili m'entourent pour la câliner, lui gratter le ventre, les oreilles. Nous lui promettons de revenir vite.

Sitôt la porte fermée, Bernard se lance dans un cours magistral sur Constantine. Notre quartier s'appelle Bellevue – joli présage. Je me répète intérieurement « Belle vue, Belle vue, Belle vue… », en dévalant les marches avant de m'engouffrer dans la tiédeur du patio. Il explique que la ville est coupée en deux par un fleuve, le Rhummel, enjambé par de nombreux ponts. Dans notre Renault 18 Break, nous irons voir l'école primaire, le collège, le Centre culturel aussi. L'église, ce sera pour un autre jour.

Sur la route, j'ai le tournis : toutes ces maisons reliées par des câbles et coiffées d'antennes hirsutes ; des murets qui les entourent jaillissent des arbres, des fleurs, des touffes aux mille verts. Il me semble que la voiture sautille dans un gigantesque jardin d'Éden. La tête tournée vers le ciel, je découvre les mosquées et leurs minarets – ils m'hypnotisent tant que je ne veux en manquer aucun. Nous longeons des arcades. L'école de mon frère et de mes sœurs est juste sur la droite.

— Où ça, où ça ?

— Là !

Bernard roule trop vite, je l'ai ratée.

— Je l'ai vue, moi ! annonce Lili, triomphante.

Il y en aura, des fêtes, des kermesses, des réunions à l'école primaire Léon Bourgeois. Et d'interminables attentes à gigoter sur le banc de la cour encore vide – je suis souvent très en avance.

La voiture s'engage dans une rue en pente, puis en dévale une autre. Nous freinons, nous accélérons par à-coups. Je commence à avoir mal au cœur : Constantine est faite de ruptures brutales. Je ne regarde pas les gens, seulement les silhouettes noires de certaines femmes, dont le visage est dissimulé derrière un petit foulard blanc tendu sous leurs yeux.

Nous filons dans la rue Petit pour voir mon collège, le collège français Victor Hugo, qui sera aussi dans deux ans celui d'Alexandre. La grande porte en métal est fermée. Mon cœur cogne, j'ai envie de crier de joie. Je vais me faire de nouveaux amis. L'établissement ne compte qu'une classe par niveau, de la sixième à la troisième, et chaque classe est composée au plus d'une quinzaine d'élèves : les filles et fils du personnel consulaire ou d'une autre institution française, de professeurs et d'instituteurs, de salariés de grandes entreprises européennes, américaines. Il y a aussi quelques Algériens, dont les parents travaillent en lien avec les étrangers. Les enfants du collège Victor Hugo appartiennent à la grande famille des « expats » de Constantine : tous se connaissent et se côtoient aux dîners et aux fêtes, le week-end à la mer. Tous fréquentent le Centre culturel français.

Justement, nous y arrivons. Je suis éblouie. De grands palmiers forment une couronne autour de l'édifice à l'architecture coloniale, d'un blanc étincelant. Ici, je vais suivre des cours de danse, de chant, de théâtre, assister à tout ce que l'art peut proposer : expositions, spectacles, lectures, concerts… J'y serai comme un poisson dans l'eau.

Bientôt, les gorges du Rhummel. Le souffle me manque tant cette promenade s'est muée en un tourbillon d'images. Je suis happée par les murailles de roche grise, surmontées d'un chapelet de ponts. Ancré et lourd, le pont El Kantara : ses piliers soutiennent une arche immense qui semble faire le grand écart et me rappelle les jambes du robot dans *Le Roi et l'Oiseau* – sans doute par le côté massif, effrayant, de ces énormes blocs de pierre calés contre les parois des gorges. Familier aussi, le pont de Sidi Rached évoque une église, avec ses voûtes et ses colonnes solennelles – et Dieu sait si j'aime les églises. Léger, le pont suspendu de Sidi

M'Cid, relié par des câbles d'acier à peine visibles tant le soleil m'aveugle.

Nous nous arrêtons enfin. Je descends de la voiture, mes jambes tremblent. Nous empruntons la passerelle Mellah-Slimane, seul passage piétonnier vers l'autre rive. La tête me tourne, j'empoigne la rambarde et penche mon visage vers la saignée. Le gouffre m'appelle. Je respire à grandes bouffées, ivre de tant de découvertes.

Toute cette rocaille nous va parfaitement, à nous, les tillandsias ; et nous allons, dans les jours à venir, créer nos grèves respectives.

Je n'ai pas peur, je n'ai plus peur.

Le bleu du ciel, le sourire de Bernard, la sérénité de Soledad, les blagues d'Alexandre, l'euphorie de Lili, la malice de Marie, le souffle tiède dans mes cheveux mettent un coup de balai aux années passées. Notre monde précédent s'appelait Madrid. Son goût âcre, ses souvenirs poisseux laissent place à la douceur des baklavas, à l'onctuosité des crèmes à la fleur d'oranger, au parfum des lauriers-roses, aux notes des muezzins, aux aurores et aux crépuscules multicolores, à nos rires et à nos espoirs grisants. Enfin je rêve sereinement à la vie, la vraie, ma vie à moi, Latzari Luma, qui reprends ma route de jeune fille de douze ans.

Plantée face à l'horizon, dans le soleil brasier, je contemple la cité. À Constantine, la vie promet de s'écouler, délicate, comme les vagues caressent, polissent le sable roux.

1986, trois ans se sont écoulés et ma grève est bien solide. D'une manière générale, je m'acclimate très vite. Pour moi, partir n'est pas douloureux, car la perspective d'une nouvelle vie l'emporte toujours sur le reste. D'emblée, je fais table rase dans la joie.

La jeune fille de l'air fend désormais les rues de Constantine, celles qui mènent au collège, aux amis, à ma vie hors les murs, avec aisance et détermination. Dans cette ville, marcher ne peut se faire sans un but précis. Je ne déambule jamais. J'adopte toujours une démarche assurée. Mon corps, mon visage que j'offre au vent, disent « je suis ici chez moi ». Mais du haut de mes quinze ans et du bas de ma peau blanche, de surcroît féminine, je sens, je sais, que je ne peux m'attarder. Je ne m'attarde pas longtemps chez le vendeur de *zlabias*. Je m'attarde si peu devant l'école Léon Bourgeois ou le Centre culturel. Je ne m'attarde pas du tout dans mon quartier face aux chats maigrichons et joueurs, aux volets brinquebalants, aux palmiers rabougris, aux façades défraîchies, mais dignes, des vieilles dames coloniales, dont les fissures laissent s'échapper les humeurs épicées d'hommes, de femmes, d'enfants, les odeurs de ces viandes, de ces semoules, de ces sablés, de ces bricks croustillants. Je ne m'attarde pas et garde le regard en biais, les narines déployées, la peau en alerte, pour ne rien manquer.

Et surtout, pour ne pas me faire prendre.

Au terme d'une marche dynamique, j'arrive au collège et m'y engouffre. Je rentre alors dans la matrice protectrice d'une enceinte carrée, avec un platane planté à chaque coin. Dans le bâtiment en U, les salles de classe donnent sur la cour et celles de l'étage sur une coursive, large balcon courant, bordé d'une rambarde de fer forgé, où les professeurs bavardent, grillent leur cigarette.

À l'intérieur, je salue le gardien, assis à l'ombre du premier platane.

Tous les jours, cet homme s'installe au même endroit, sur son tabouret, au ras du sol. Il veille. Il est sans doute grand. Je ne me l'imagine pas debout, déplié de tout son long, en train de fermer les portes métalliques de l'entrée. Coiffé d'un chèche clair, vêtu d'une djellaba et d'un pantalon gris, ses genoux viennent lui chatouiller le menton. Il coince un bâton entre ses pieds chaussés de sandales – quand il ne le fait pas tourner entre ses mains, il le cale contre une épaule. Son visage est caché derrière son chèche, soulignant son regard impassible. On l'observe de loin. On le craint, on l'oublie. Il est là, comme les platanes, ancré dans le bitume de cette cour d'école. Il projette la même ombre salutaire. Il protège les rires, les chuchotements, les parties de foot, les chahuts, les cartables renversés, les retardataires. Sans un mot. Sa présence suffit.

La cloche sonne, très vite après mon arrivée. Les élèves se rangent en files brouillonnes, devant leurs professeurs. Je retrouve mes trois copines, Sandrine, Téresa et Béatrice, les filles de ma bande. Je leur saute dessus, excitée, heureuse de les serrer dans mes bras.

Sandrine, la longue tige aux cheveux clairs, aux yeux noisette et au visage pointu. Elle ne sait pas trop quoi faire de ses membres, Sandrine. On a toujours peur de recevoir un coup, tant elle bouge n'importe comment. Et, par endroits, elle est si osseuse que ses genoux et ses coudes semblent se cogner dans un bruit d'osselets. Ses rires résonnent fort. Elle est infiniment gentille.

Térésa, à la peau sombre, aux yeux sombres, aux cheveux sombres. Térésa est née d'un père malgache et d'une mère russe – elle ressemble à son papa. Les lèvres charnues, les sourcils fournis, elle parle d'une voix grave, avec souvent un air de s'excuser. Elle observe la vie avec inquiétude ou étonnement.

Et puis, il y a un âge de la « meilleure amie » et, avec Béatrice, nous nous sommes trouvées. Ses taches de rousseur décorent joliment son nez en trompette. Sa tignasse frisée, mousseuse, est posée en une couronne folle au-dessus de son crâne. On a envie d'y glisser les doigts. Elle a de grosses fesses, de gros seins bondissants, qu'elle trimballe avec énergie.

Je retrouve mes amies, mais dans ma troupe, il y a également les garçons : Julien, blond, un visage de boxeur avec son nez écrasé et sa bouche si épaisse qu'elle frôle ses narines. Il est grand et bien bâti, avec des bras musclés qu'il dévoile grâce à ses tee-shirts soigneusement découpés aux ciseaux. Julien a été amoureux de moi dès mon arrivée, il a un peu cherché ma main. Durant toute la cinquième et jusqu'en quatrième, il a espéré, avant de réaliser que ma main était douce, mais hélas pour lui inerte, sans frisson.

Il y a aussi les jumeaux polonais, Pawel et Marek. Pas un poil sur le caillou ! Je me moque d'eux en les appelant « les garçons aux cheveux qui ne poussent jamais », car ils se rasent régulièrement la tête. Ils ont la peau rosée et des yeux gris, deux diamants incrustés sur le visage. Ces deux grands taiseux n'ont pas besoin de causer pour qu'on les écoute. Ils préfèrent chanter, et quand ils chantent, la Terre elle-même s'arrête de tourner.

Pas un matin qui ne soit illuminé par l'idée de les retrouver tous. À chaque réveil, je m'assois sur mon lit et me demande ce que me réservent les prochaines heures. Une journée d'école est une aventure miniature où tout devient grand à mon cœur : les histoires, les chamailleries, les secrets à l'oreille, les bâillements, les débats, les punitions, les oublis, les devoirs écrits à la hâte, les embrassades, les bousculades, les promesses, les envies, les idées, les questions. Chaque chose fait monde et tout est source d'enthousiasme. Ainsi, après la classe, lorsque la porte du collège s'ouvre et nous expulse au-dehors, je fais durer les minutes pour savourer la compagnie de mes indispensables.

Béatrice a posé son menton sur mon épaule, câline. On est en train d'organiser ma prochaine boum. Je suis catégorique : hors de question de se déguiser. Dans les fêtes des parents, on le fait tout le temps. Mais surtout je n'en ai pas envie parce qu'un gars est en ce moment au camp américain – c'est ainsi qu'on appelle la base installée par la société Ingersoll Rand, pour loger ses salariés, dont le père de Sandrine. Seule elle sait à quoi il ressemble et elle dit qu'il est magnifique. Des jours, des heures entières que nous ne parlons que de lui, que nous ne pensons qu'à lui : il est devenu notre astre. À nos yeux, tous les garçons du collège sont désormais classés dans la catégorie des « ni beaux ni laids », des transparents. Aussi est-il grand temps qu'un magnifique se pointe. Ce sera lui, l'Amerloque. Et je serai celle qui parviendra à le conquérir.

Ce n'est pas gagné, cela dit : Sandrine n'a pas encore osé le prévenir. Aucune importance, j'adore aller chez elle et je veux voir le bonhomme :

— J'irai au camp américain et je l'inviterai moi-même. Absolument !

Béatrice n'en revient pas que je planifie sans elle. Elle râle – je n'aime pas ça. J'étais juste dans mon gentil rêve à moi. Il faut que je me rattrape. Je respire à peine, tant les phrases s'enchaînent :

— Il paraît qu'il est sublime ! Il paraît qu'il a des yeux vert émeraude ! Il paraît qu'il est pâle comme un prince !

Je m'enflamme, je tournoie et réussis à faire sourire mon amie. Elle me saisit les deux mains, fixe mon regard et attaque :

— « De quoi perdre son self contrôle / SOS Amor / Tu m'as conquis, j't'adore ! »

On se tape dans les mains, on se met dos à dos et on se cogne les fesses, en riant. Dans l'excitation, je n'ai pas remarqué Olivia, une fille un peu copine, un peu rivale, que je garde à distance. On dit que nous sommes les deux plus belles filles du collège, avec des styles très opposés : Olivia a la peau mate quand, moi, je l'ai dorée ; Olivia a une allure masculine, un petit brin de corps musclé quand je suis élancée et plus voluptueuse, avec ma cambrure terrible ! « Terrible, oui... », m'avait dit Julien.

Olivia est mordante et peut se révéler méchante quand la jalousie lui prend. Comme souvent, elle s'approche l'air de rien et finit par s'insinuer dans notre conversation pour étaler sa bave inutile.

— Décidément, vous ne pensez qu'à ça !

Une sensation me traverse, désagréable. Olivia me dérange, au fond.

Le collège Victor Hugo devant lequel nous aimons tant traîner, étirer le temps, retarder le moment de nous séparer, est posté au pied d'une route goudronnée qui grimpe à flanc de colline. Cette route est longée par un muret, sur lequel se tient une ribambelle de jeunes garçons algériens. Pas un jour sans qu'ils ne soient là, à observer la sortie des classes. Les garçons cherchent les filles et les filles n'y prêtent pas attention : elles sont habituées. Quel mal y aurait-il à les regarder, ou à se laisser regarder ? Les garçons aiment regarder les filles et les filles s'en fichent royalement. Du moins c'est ce qu'elles disent.

Mes amies sont attendues à la sortie par leurs parents. Au moment de les quitter, je jette un œil à nos spectateurs du soir. Non, je ne m'en fiche pas, de ces garçons. Cette horde a quelque chose d'inquiétant. Même à dix mètres, les lianes invisibles de désir qui jaillissent de leur regard m'agrippent et m'incommodent. Cette fausse légèreté, cette indifférence feinte qui m'aide à tenir à distance le dégoût, est un leurre. Et invariablement, je suis traversée par une envie de fuir loin, très loin, comme quand j'étais plus petite.

Je balaie immédiatement ce vertige, et je reprends ma route.

Mon frère Alexandre me rejoint. Nous avons un quart d'heure de marche, au pas de charge, au travers des artères grouillantes de Constantine. Pas de chauffeur, pas de taxi, pas de nounou, pas de maman pour nous raccompagner. En chemin, nous nous arrêtons chez un vendeur de pâtisseries, et achetons deux *zlabias* pour le goûter.

Les *zlabias* ! Pâtisseries divines ! Ces tubes de pâte croustillante, parfumée à la fleur d'oranger, plongés dans un bain de miel léger, craquent dans la bouche, laissent exploser le sucre qui dégouline aux coins des lèvres, au fond de la gorge. Les doigts collent, et on se les lèche une fois, deux fois, trois fois, en vain : ce miel ne disparaîtra qu'avec un verre de thé bouillant. Le vendeur a un regard doux, et un sourire avenant – il a bien choisi son métier, celui-là. Après cette pause gourmande, les rues de Constantine dansent pour nous. La ville pétille, joyeuse, pour ses enfants.

Alexandre parle sans s'arrêter. Il a toujours une anecdote, une théorie, une découverte à raconter. Je ne l'écoute plus : c'est mon frère. Sa voix est une sorte de bruit de fond que je ponctue par un « Parle plus fort Alexandre, j'entends pas », tandis que je presse le pas, l'obligeant à accélérer sa cadence pour rester à ma hauteur. Je ne marche pas, je fonce, à quelques centimètres du sol, le regard planté droit devant. Sur le qui-vive, prête à bondir, je veux éviter de les croiser, si possible.

Arrivés à Bellevue, je commence à me détendre, à lever les yeux pour regarder les maisons, mes vieilles dames. Je ne me lasse pas de leurs palmiers, de leurs bougainvilliers. Le monologue d'Alexandre me berce. Mais c'est là que nous tombons sur eux, au carrefour de deux rues : une petite bande de gosses de tous âges nous regarde passer et nous chante cette ritournelle venue d'une guerre que, comme eux, nous n'avons pas connue :

— Hé ! La sale Française ! Vous êtes plus chez vous ici ! C'est plus à vous tout ça ! Hein ?! Fini ! Fini ! Sales racistes !

Je passe devant eux, en attrapant Alexandre par le bras, qui, le plus souvent, lance avec défi en arabe :

— خرة, ما تعرفش واش رك تقول خي ! (« N'importe quoi, tu ne sais pas ce que tu dis, mon frère ! »)

Le regard bas, je l'entraîne avec force et lui répète, exaspérée :

— Alexandre ! Ne réponds pas, ça ne sert à rien. Allez, on avance !

Nous arrivons enfin chez nous, il ne peut plus rien nous arriver. En ouvrant la porte, la chienne nous saute dessus. Je lui ordonne d'arrêter : j'ai horreur de ses coups de langue gluants, ça me rend folle.

Je pourrais frapper dans ces moments-là.

Alexandre, au contraire, tombe le cartable, s'accroupit et la caresse, ravi qu'elle lui lèche le visage. Tant mieux pour lui.

Je défais les boucles de mes sandales, les balance en l'air, et monte quatre à quatre le grand escalier en pierres blanches. Le frais du sol s'infiltre par la plante de mes pieds et claque mes veines. Je m'arrête un instant en haut des marches. J'écarte mes orteils sur le carrelage. Exquis.

Toute petite déjà, Soledad me tenant la main, je parcourais l'herbe fraîche de rosée. Et j'ai gardé ce besoin de sentir le monde me traverser par les pieds.

Dans le couloir qui donne sur le grand salon, je croise Farida, notre femme de ménage, une petite dame assez forte, les cheveux couverts d'un foulard, portant une robe mi-longue et un tablier. Elle est en train de passer la serpillière.

— Bonjour, Farida !

Je lui dépose un gros baiser sur la joue. Elle m'attrape le visage, plante ses yeux noirs si doux dans les miens, puis écarte les cheveux de mon front. Ses mains se posent en haut de mon cou et elle m'embrasse les pommettes, le nez.

Toute sa peau exhale l'essence de rose. Farida, c'est mon sucre, mon doudou, ma tendresse.

Le grand salon, assombri par les persiennes, est vide. Avec ses murs passés à la chaux, son sol de mosaïques colorées, ses larges ouvertures et ses alcôves, il a une allure de petite salle de bal que rien n'est venu dénaturer – mis à part un portrait de Soledad, peint à Madrid, et une immense peau de vache. Pour mobilier, il n'a qu'une table basse et un grand canapé de velours beige, quelques poteries, un buffet bas sur lequel trône notre chaîne hifi et où sont rangés des dizaines de disques.

Je m'abandonne sur le canapé, retire mon jean et souffle. Un frisson me traverse, le corps étendu, étalé du bout des pieds à la pointe des cheveux, la peau légèrement hérissée de chair de poule. Je me sens libre, en paix. Ce moment est à moi, rien qu'à moi. Je crie à mon frère d'aller faire ses devoirs et, comme les bébés, je m'endors en sursaut.

Mais mon sommeil m'expose.

Je suis seule à l'étage, Bernard l'a remarqué.

Il a retiré ses chaussures au bas de l'escalier, puis a monté les marches sans bruit. En haut, il me découvre allongée, le tee-shirt blanc remonté sur la poitrine, une jambe repliée sous moi. Le visage incrusté dans le canapé moelleux, je suis plongée dans mon sommeil d'enfant.

Posté à l'entrée du salon, il m'observe. Je respire si calmement qu'il lui faudrait approcher son visage pour sentir mon souffle. Il a réussi à attraper l'appareil photo rangé dans le buffet sans même faire frissonner l'air, tel un félin en chasse.

Il me regarde. Longtemps. Il respire fort. Trop fort.

Mais personne ne l'entend. Personne ne se doute, personne ne sait.

Puis, délicatement, presque au ralenti, il dévisse le zoom, le pose au sol, fixe un objectif et prend la photo de mes jambes, de mes fesses sous la culotte immaculée, de mon ventre, de mes lèvres posées sur le velours, de ma peau alanguie, de la femme que je ne suis pas.

Je me réveille, en sursaut, encore.

En ouvrant les yeux, j'aperçois vaguement la silhouette de Bernard s'éloigner dans le couloir. Ce réveil est une petite mort.

Je n'ose bouger le moindre muscle. Je me risque à tourner la tête, mais à peine, vers l'entrée du salon où il se tenait.

Au sol, le zoom de l'appareil photo.

Il n'a pas pris soin de le ramasser. Dans sa précipitation.

C'est la première fois.

Il y a une porte, à l'étage.

En haut d'un escalier en bois. Un grand tapis. Un lit au milieu de la pièce. Un très, très grand lit. Une fenêtre dans le toit. J'ai une toute petite langue, une langue de chaton.

Attention… C'est un secret.

Est-ce que j'aime les sucettes ? Je dois faire comme si c'était une sucette.

Je porte des chaussettes, des sandalettes, une jupette.

Je ris. Et mon rire le fâche.

J'ai trois ans.

Je suis toujours sur le canapé. J'ai réussi à me redresser et à m'asseoir en tailleur. Des minutes, des heures se sont peut-être écoulées, je ne sais pas.

Je reste figée.

Mon regard flotte dans une étrange brume noire. J'ai envie de vomir.

Je tourne mon visage vers le ciel, et remarque un insecte qui se déplace au plafond. Sans cligner des yeux, je fais le point, et vois la petite bête se transformer en une Vierge Marie minuscule, qui s'immobilise… Longtemps que je ne l'avais convoquée, ma protectrice. Ma grande et si fragile Vierge Marie qui me sauve d'une réalité indicible, d'une torture que je pense, que je veux, oubliée à jamais. Elle sait balayer cette sensation d'horreur que, pour l'heure, je massacre en moi, sans conscience, dans les tréfonds de je ne sais où.

La Vierge disparaît, une boule d'angoisse s'installe dans mon ventre. Une peur ancienne qui ne dit pas encore son nom.

Alexandre entre dans le salon et vient se vautrer à côté de moi, en lâchant un long soupir. J'ai envie de le prendre dans mes bras, mais je ne le fais pas. Il tourne son visage vers le mien :

— Ça te dit de jouer ?

Je hausse les épaules, comme une gamine. Oui, ça me dit. Il attrape le microphone des parents, posé sur le buffet derrière nous, à portée de main.

— Mademoiselle Luma, il semblerait que vous ayez plongé dans ce rôle d'une manière très inhabituelle. Tout le monde s'accorde à dire que vous êtes méconnaissable, que votre interprétation laisse sans voix… Comment avez-vous appréhendé le personnage, et qu'avez-vous ressenti ?

J'enchaîne, sans conviction, mais je donne le change.

— Eh bien, comment pourrais-je l'expliquer ? En dehors du fait que c'est un travail intime, que je ne peux en aucun cas révéler les chemins que j'emprunte, la seule chose que je puisse dire, c'est que… j'ai beaucoup souffert. Mais, comment expliquer… Oui, j'ai souffert, mais d'une souffrance exaltée, exquise… C'est ça. « Ex-al-tée »… « Ex-qui-se »…

— Passionnant. Chers auditeurs, nous retrouvons l'étonnante Latzari Luma, juste après ça !

Il se lève et plonge dans nos disques – 45 tours sur l'étagère du haut, 33 tours sur celle du bas. Il en sort celui d'Ivan, la face B de « Foto novela », « Cena Fria ». La platine émet les premiers grésillements du diamant dans les sillons. Le synthé frappe, puis les cuivres. Je saute sur mes deux jambes. Ah, mon frère chéri !

Nous nous mettons à chanter, à danser, avec des mimiques, des gestes outranciers. Alexandre a pris soin de lancer le magnétophone pour nous enregistrer. Depuis plusieurs années, nous avons ainsi accumulé des parodies de toutes sortes, inspirées, entre autres, d'un disque de la collection de Bernard, *Poil à la pub* de Richard Gotainer, réunissant tous ses jingles et réclames, refusés, acceptés, et pour certains restés dans les annales. Nous nous déchaînons au moment du refrain : « *Sexo que sexo / mi amor es sexo-sexo / No digas eso, sólo quiero amor / no sexo-sexo, más sexo no*[1]... »

Nous n'entendons pas tout de suite Soledad crier depuis la cuisine :

— Latzari ! Alexandre ! La table !

Il faut qu'elle vienne jusqu'à l'embrasure de la porte du salon, et qu'elle répète d'un ton joyeux « la table ! » pour nous arrêter net.

Soledad ne s'énerve pas, elle ne s'emporte jamais. Le yoga, sans doute. Elle considère que les gens doivent bien savoir ce qu'il faut faire ou dire. Pour les enfants, il en va de même. Elle comprend qu'il faut réajuster, guider. Éduquer, en somme, mais pas en haussant la voix – elle laisse ça à Bernard. Rien ni personne n'entrave jamais son humeur égale, posée, presque détachée.

Dans la salle à manger, Bernard a choisi le disque *Carmen Fantasy* d'Itzhak Perlman, son violoniste préféré,

1. « Sexe, quel sexe / Mon amour, c'est du sexe-sexe / Ne dis pas ça, je veux seulement de l'amour / Pas de sexe-sexe / plus de sexe, non... »

pour accompagner notre dîner. Devant nous, s'alignent des plateaux-repas de la compagnie. Sur les longs courriers, on sert toujours de la haute gastronomie, même aux passagers de seconde classe. Les plateaux qui ne sont pas consommés sont récupérés au sol, et Bernard en rapporte parfois. Ce soir, chacun examine ses victuailles, les yeux brillants d'envie, dans l'attente du feu vert paternel pour attaquer la dégustation. Le petit flan aux légumes est nouveau. La salade d'écrevisse semble pas mal du tout. Le gâteau au chocolat a l'air tellement bon !

— Il l'est, Marie, il l'est…

Autour de la grande table en bois rectangulaire, on se passe le sel, le poivre, l'eau, le vin que seul Bernard boit. Nous sommes tous à la fête et il est aux anges. Le père regarde ses enfants dévorer avec joie. Leur excitation le fait fondre. Il se sent rempli d'une fierté intense, rempli de lui-même. Il m'observe tout particulièrement.

Moi, je ne mange pas. J'absorbe, j'engloutis, j'ingurgite. Je ne sais manger qu'en bâfrant.

Combien de fois ai-je vu la personne en face de moi m'observer tantôt surprise, tantôt exaspérée, par la rapidité avec laquelle je fais disparaître mon plat ? Cela ne m'empêche pas de savourer, j'ai la gloutonnerie enjouée – même si certains y décèlent une certaine anxiété. Moi pas. Et combien de fois ai-je entendu : « Respire ! », « On va pas te le voler ! », « Tu manges trop vite, c'est très mauvais pour la santé », ou bien celle-ci, précieuse : « C'est un bonheur de te regarder manger… » L'inconvénient majeur pour qui se goinfre, c'est que le plaisir passe vite, trop vite.

Je regrette de ne pas être comme les hamsters qui stockent dans leurs bajoues de quoi grignoter toute la journée. Je ne suis pas un hamster.

Entre deux bouchées, j'arrive tout de même à parler. Ma boum : *le* sujet. Ma boum, l'Américain. (Lui, je le garde pour moi.) J'explique que je vais organiser des tours d'une demi-heure pour que chacun puisse mettre sa musique. Je suis assez fière de mon idée. Bernard prévient que Fabrice, le maître d'école de Marie, va venir déposer des spots, une boule à facettes et un carton de disques. Quel amour, ce Fabrice ! Mais cette nouvelle semble contrarier Soledad. Elle plisse le front, laissant apparaître « le pli du lion », signe irréfutable de sa mauvaise humeur.

— Fabrice va passer ? Mais quand ?

Elle n'était pas au courant. Elle en fait tout un fromage.

Ce qui me tracasse, moi, c'est que je veux entourer les ampoules du salon avec ces papiers de couleur qu'on fixe sur les projecteurs au Centre culturel. Je ne sais plus comment on les appelle…

— Des gélatines ! réagit Alexandre, au quart de tour.

Mon frère sait tout. La moindre information qu'il entend lui reste dans le cerveau, à vie. Il m'épate.

J'ai beau parler, Soledad ne m'écoute pas. Elle aimerait qu'on la tienne ne serait-ce qu'un peu au courant, et que l'on n'organise pas les choses dans son dos. Elle me fatigue. Qu'est-ce qui lui prend ?

Bernard intervient :

— Marie peut lui demander, mais je suis quasiment sûr qu'il a prévu de passer demain matin.

Soledad se tait. Pas longtemps. Exaspérée, mais toujours sans hausser le ton, elle retire l'assiette de semoule du plateau de Marie qu'elle remplace par un ramequin de courgettes au basilic.

— Il faut que tu fasses attention. Mais si.

Marie se met à bouder.

Marie est rondelette, ce qui dérange Soledad. Elle soupèse sans cesse sa nourriture et l'oblige à ingurgiter davantage de légumes que nous – ce qui se révèle parfaitement inefficace. D'autant que Marie n'est pas en surpoids. Avec ses yeux d'un noir profond, sa chevelure brune et sa peau blanche, elle est ce qu'on appelle une belle enfant, une belle enfant taiseuse qui fronce souvent les sourcils.

Bernard fait diversion : il souhaiterait rajouter « Les Saltimbanques » au répertoire de la chorale. Proposition validée d'office par Soledad : ils la chantaient ensemble à Paris. Bernard avale goulûment son canard à l'orange, la sauce coule sur son menton.

Il me répugne.

Lili mâche bruyamment et laisse entrevoir la bouillie dans sa bouche tant elle l'ouvre grand.

— Maman te l'a dit combien de fois ? se fâche Bernard, gentiment.

On-ne-parle-pas-la-bouche-pleine.

Et si on chantait ? Là, tout de suite, maintenant ? « Le printemps est arrivé », tiens. On l'aime, cette chanson. On l'a répétée la semaine dernière. Je me lève pour aller éteindre le tourne-disque. Toute la famille entonne : « Le printemps est arrivé, sors de ta maison / Le printemps est arrivé, la belle saison / L'amour et la joie sont revenus chez toi / Lalalalalala. »

Marie, elle, continue de faire la tête. Alors que nous fredonnons le deuxième refrain, elle part s'asseoir sur le canapé du salon, avec le livre qu'elle a coincé, à table, sous ses fesses. Marie, jamais sans un livre.

Nous débarrassons, Soledad et moi, pendant qu'Alexandre et les filles se brossent les dents et que Bernard parcourt je ne sais quelle partition. Puis les petites se couchent, après que nous sommes passés, un à un, les embrasser. On les appelle comme ça, Marie et Lili : les petites. Depuis le salon, on entend la musique. Bernard a relancé Perlman, « Havanaise ».

Je sors sans bruit de ma chambre, un verre d'eau à la main.

J'ai enfilé mon pyjama, bermuda en coton à rayures vertes et blanches, le haut boutonné. « C'est un pyjama d'homme, ça t'ira très bien », m'a dit Soledad quand elle me l'a donné. Je passe devant la chambre d'Alexandre ; j'entrouvre la porte : il est déjà derrière, avec un verre d'eau lui aussi.

À pas feutrés, notre excitation contenue, nous montons le petit escalier en pierre qui mène à la grande terrasse, ouverte sur les toits de la ville. La nuit n'est pas encore tout à fait là, le soleil n'en finit pas de se coucher et la lune se frotte aux derniers rayons orangés. Elle est belle, on dirait une immense hostie dorée. Quelques minarets épars fendent la ligne d'horizon.

On s'assoit tous les deux en tailleur. Je sors de la poche de mon pyjama un paquet de cigarettes mentholées. J'en allume une, tire dessus, la passe à Alexandre, puis avale une gorgée d'eau. Le rituel, parfaitement réglé, se déroule toujours ainsi, sans un mot.

Nous contemplons le paysage, peu à peu gagnés par un sourire tendre. Le muezzin de la mosquée la plus proche se met à déclamer. On entend les autres chants, au loin. Un écho, un canon d'une intense douceur. Et devant ce spectacle, comme ensorcelée par un charme puissant, je me sens si chanceuse, si privilégiée.

Les toits de Constantine, le ciel, la prière, la mélopée, l'air chaud, la paix…

Cette nuit, je glisserai sans crainte dans le sommeil, la bouche et le corps tout entiers envahis de fumée fraîche.

Et puis c'est à mon tour. Il m'allonge en posant sa main sur ma poitrine, d'un geste sûr qui me fait basculer sur le dos. Il soulève ma jupe, retire ma culotte. Il m'explique que ça va être très doux. Je ris encore.

Il faut que je me calme. Sa voix est sévère. Ça me fait des chatouilles.

Il faut que je me taise.

C'est un ordre.

Les toits de Constantine, à l'aube. On pourrait croire que le ciel n'a pas bougé depuis la veille, que le soleil et la lune n'ont cessé de se caresser et que la nuit n'est jamais venue. Constantine a un petit air de village paisible. Elle se réveille emmitouflée dans un voile soyeux, recouverte d'un halo pastel, tels que j'imagine les paysages dans mes livres romantiques. Rien ne vient écorcher le regard, tant les dégradés de couleurs enduisent les maisons d'aplats poudrés, jaunes pollen, rouges et bleus passés, comme si un vent de sable avait posé un filtre trouble sur la cité.

Dès les premières lueurs du jour, l'appel à la prière devenu familier se fait entendre en un canon similaire à celui de la veille. Le haut-parleur de la mosquée la plus proche est pointé sur notre toit terrasse. Je dors encore. Et lorsque retentissent les premières notes, je grogne, j'attrape mon oreiller et le plaque sur ma tête. Ce matin, on entend un crachotement étrange, le bruit d'une bande qui se grippe, s'étire et se broie. Le chant du muezzin est enregistré sur une cassette, et la bande s'est sans doute prise dans l'appareil… Le résultat, plutôt grotesque, est hilarant.

Ma tête émerge de l'oreiller, le visage déformé par la nuit, strié par les plis du drap, les cheveux ébouriffés, mes yeux gonflés de sommeil, la bouche tordue par l'étonnement. Je m'assois un instant, n'en croyant pas mes oreilles, puis saute du lit et me précipite hors de ma chambre pour tomber nez à nez avec mon frère : il rit déjà. Nous montons sur le toit de la maison et entonnons alors un *Allahu akbar* qu'Alexandre maîtrise encore mieux que moi. Nous devinons que quelqu'un est en train de trafiquer l'appareil dans la mosquée. Le micro du haut-parleur laisse filtrer les grésillements et des paroles exaspérées, peut-être même des jurons. Nous enchaînons plusieurs fois la prière, entre deux éclats de rire, mais avec grâce.

Toujours rendre grâce.

J'aime le chant des muezzins comme j'aime les cloches des églises. Mais à choisir, il n'y a aucun doute, l'appel à la prière des musulmans, le *al-adhân*, monte au ciel quand la cloche me ramène étrangement à la terre. Il n'y a guère que l'orgue qui puisse rivaliser avec le *al-adhân*. Petite, quand je passais mes vacances chez ma grand-mère paternelle, elle m'apprenait les églises. Ma grand-maman, comme je l'appelais, allait souvent visiter ses vieilles amies ennuyeuses qui sentaient la poudre, dans des salons chargés de gros meubles marron, de napperons en crochet et de porcelaines chichiteuses. Aussi, avais-je très vite obtenu la permission de l'attendre dans l'église du coin.

J'y passais des heures, droguée à la bougie, impressionnée par le gigantisme quelle que soit la taille du monument. Je me laissais bercer quand une messe avait lieu et plus encore lorsque, par chance, un orgue l'accompagnait. J'y plongeais comme dans une eau à la fois dense et limpide. J'aimais le petit martyre que je m'infligeais lorsque mes poumons se gonflaient de l'épaisse fumée des cierges déposées par les dizaines de fidèles, implorant miséricorde, miracle, soutien, salut. Dans l'air glacé de ces murailles crénelées, je sentais mes muscles se tendre et frissonner. Lorsque je ressortais, je devais fermer les yeux tant ils s'étaient habitués à la pénombre. Je les rouvrais tout doucement, afin d'apprivoiser peu à peu l'éclatante lumière du dehors, celle trop violente de la vraie vie.

En Algérie, je n'aurai jamais l'occasion de rentrer dans une mosquée, mais cela m'est égal. Le muezzin me suffit – il me connecte à Dieu, à celui que j'ai déjà côtoyé dans les églises. Il occupe tout le ciel et je m'envole vers lui dès que j'ai décidé de l'écouter. Oui, parce qu'à raison de cinq fois par jour, j'entends davantage le muezzin que je ne l'écoute.

Le bol de lait sitôt avalé, il faut accélérer. Alexandre se brosse les dents. Je m'enduis la bouche d'un peu de rouge à lèvres, quand je prends conscience qu'il n'y a pas école aujourd'hui. Nous partons à Tamanart, le paradis. Mon paradis.

Fabrice vient de garer sa voiture devant la maison. Fabrice est immense. Il doit mesurer pas loin d'un mètre quatre-vingt-dix. Il a de grands yeux bruns en amande, un long nez, des cheveux noirs, souples, et de longues jambes fines. Il est mince et charmant, Fabrice. Il décharge son coffre de tout ce qu'il apporte pour ma boum.

Je passe devant la chambre de mes parents et vois Soledad se pincer les joues, à la manière de Scarlett O'Hara dans *Autant en emporte le vent.* La sonnette de la porte retentit. Elle sort en trombe et manque me renverser. Pendant que, devant le miroir du couloir, je passe et repasse le stick sur mes lèvres, j'entends une voix que je ne reconnais pas, des rires qui sonnent faux, que je ne comprends pas très bien. Soledad bafouille et parle de manière précipitée. Les voilà qui passent dans l'escalier, Fabrice derrière Soledad et son sillage parfumé – *Quartz* de Molyneux. Il me salue timidement, avec un sourire gêné. Elle le raccompagne jusqu'à la porte.

Du haut de l'escalier, je la vois face au portail, figée, sans qu'une seule de ses boucles brunes ne tremble. La voiture de Fabrice s'est éloignée depuis longtemps. Une curieuse sensation m'envahit, et je laisse tomber mon sac à dos sur le sol.

Elle se retourne, radieuse.

La voiture de Bernard file sur la route, en direction de Tamanart. Serrée à l'arrière, tout contre Lili qui enchaîne les figures avec son jeu de ficelle – elle s'entraîne dès qu'elle peut –, j'ai mon casque sur les oreilles. À fond, « Wire » de U2 bastonne mes tympans et mes veines. J'ai calé mon front contre la vitre. Nous avons presque trois heures de route devant nous, et heureusement Bernard ne s'arrête jamais. U2 me fait décoller. Avant de partir, j'ai pensé à prendre une de mes compilations ; j'en ai mille : Joe Jackson, Dead or Alive, The Cure, Frankie Goes To Hollywood, Tears for Fears, A-Ha (Ah… A-Ha !). Et puis U2, toujours en boucle, l'album *The Unforgettable Fire.* Encore et encore.

La voiture arrive à la grande décharge de Collo, une épouvantable cordillère de détritus qui a vu le jour dans les années soixante-dix. Pour la traverser, il faut tenir une demi-heure dans une épaisse fumée blanchâtre, par endroits grise, que dégagent les pneus et les déchets en train de brûler. Le tee-shirt remonté sur les narines, je ne quitte pas des yeux la marée d'ordures. Quelques vaches plongent leurs museaux et leurs langues dans des monceaux de sacs plastique. Nous avons bien pris soin de garder nos fenêtres fermées, mais la pestilence envahit pourtant l'habitacle et s'infiltre jusque sous nos peaux. J'ai du mal à réprimer un haut-le-cœur. Mes yeux s'injectent de sang, je cligne des paupières pour retenir mes larmes.

Il faut donc passer par l'enfer pour accéder au paradis.

Tamanart.

Le paradis, avec sa petite plage en croissant de lune, bordée de lauriers-roses, et sa forêt touffue de pins d'Alep, de chênes-lièges, de cèdres, de thuyas. Le paradis en forme de virgule dorée, inondée de turquoise, où s'éparpillent des bungalows construits à l'aide de branchages, de terre et de paille – un seul en parpaing, le nôtre. Le paradis avec ses criques dentelées de creux, de bosses, de rochers. Le paradis comme la liberté de cavaler en bande dans tous les recoins secrets que dégote l'enfance et où s'inventent des histoires magiques.

À Tamanart, on mange du poisson grillé ; on se baigne dans une eau claire et chaude ; on joue sur une planche sans voile ; on ramasse des cailloux et des bouts de bois singuliers. On prend le soleil sans le faire exprès. À Tamanart, on retrouve toute la communauté des expatriés de Constantine. Il est assez rare d'y croiser des Algériens. Les bungalows sont loués à l'année et pris d'assaut par les travailleurs français, les coopérants, les professeurs d'université. À Constantine, et *a fortiori* à Tamanart, on ne se mélange pas : on vit en bonne entente, mais on se fréquente peu. On emprunte les mêmes rues, mais sur des trottoirs parallèles – à quelques exceptions près, telle que l'amie médecin de Soledad, Soraya, et son mari. Ils sont invités aux dîners, aux soirées. Ce sont les seuls Algériens que je connaisse vraiment.

La voiture se gare devant le *château.* C'est ainsi que la communauté a surnommé notre bungalow : il est le seul à avoir des toilettes (un trou) sous une douche (alimentée par l'eau de pluie). Il est aussi le seul à bénéficier de l'électricité. L'entrée donne sur une petite esplanade de terre sèche, plantée d'un grand chêne-liège dont les branches tordues descendent jusqu'au sol. Soledad y a accroché deux guirlandes d'ampoules, l'une colorée et l'autre blanche. Juste en dessous, à l'ombre, est installée une grande table en bois, avec un banc et des sièges usés en plastique jaune, vert et bleu. Au moindre mouvement, le plastique fendu, sournois, vous attrape les chairs, vous pince et vous imprime une marque douloureuse. La décharge soudaine provoque de petites larmes, assorties d'une légère humiliation qui passe ; mais la peau s'en souvient.

À l'intérieur du château, il y a une grande pièce que les parents ont aménagée pour nous, avec des matelas contre un mur, bien alignés, sur lesquels sont jetés des sacs de couchage hippies à carreaux, à fleurs, orange, vert kaki ou jaunes. Les adultes ont gardé un coin pour eux, à l'abri d'un paravent. De part et d'autre de cette pièce, se trouve une cuisine d'été et les toilettes, cachées par une porte en planches épaisses. Il faut se glisser à l'arrière du bungalow pour apercevoir, à travers les buissons, la crique.

Mais le meilleur point de vue, celui qui surplombe la plage, est un peu plus loin, sur la corniche. Là-bas, quelqu'un a eu la bonne idée de bâtir une maison, mais s'est arrêté après en avoir posé la dalle en béton. C'est l'endroit favori de Bella qui aime griller son pelage au soleil, observer les baigneurs, le vieux bateau rouillé qui mouille dans la baie, et surveiller le fou qui passe ses journées à errer d'un bout à l'autre de la plage, en psalmodiant des présages funestes.

À peine arrivés, nous déballons le repas sorti des Tupperware que Soledad a préparés la veille. Chacun prend son temps pour manger ; il est interdit de descendre à la plage avant quatre heures. La dernière bouchée avalée, Bernard s'en va faire sa sieste, Soledad son yoga, les enfants leurs devoirs, une heure réglementaire de violon pour Alexandre et de flûte traversière pour moi. Bien sûr, comme je vais râler, trépigner, m'arracher les cheveux devant ma partition, tous descendront à la plage avant moi. Probablement sans Bernard, qui n'est pas un *aficionado* de la baignade, et qui va vouloir que j'enchaîne les gammes correctement.

Ne pas rester dans le *château.*

Je pars jouer mes notes poussives sous les arbres.

Une fois ma mission à peu près accomplie, je viens ranger ma flûte sur la petite étagère, près de nos lits. La chambre sent Bernard, qui ronfle encore. Je n'arrive pas à refermer la mallette de ma flûte. Sans doute ai-je mal calé l'instrument dans l'un des renfoncements de velours bleu, je force.

Je suis nerveuse, anormalement nerveuse. Bernard ne ronfle plus.

— Latzari ? C'est toi ?

D'un coup, je suis en nage. Je l'entends qui se lève.

Je lâche tout et détale.

Ma course me conduit aux abords de la plage, au bout du chemin qui descend jusqu'au sable. Essoufflée, je m'arrête et souris enfin : tout mon petit monde est là, réuni. Alexandre joue au football avec Nicolas, son meilleur copain, le frère d'Olivia. Marie et Lili construisent un barrage au bord de l'eau. Chacun vaque à ses occupations. Tiens, il y a une famille algérienne, ce n'est pas courant. Les femmes sont voilées, les enfants font des pâtés de sable. Mon cœur ralentit, il s'apaise enfin.

Ma mère est allongée sur son paréo à côté de sa grande amie Julie. J'embrasse mon frère en passant, fais un détour et dépose un petit bisou dans le cou de mes sœurs. J'arrive enfin près des deux amies allongées sur le ventre. Je m'assois à même le sable.

Le fou est là, les cheveux hirsutes, vêtu de guenilles. Sa peau est tannée par le sel, le soleil, le vent. Il a un visage grave, un regard déterminé, parcouru de fureur. Les ongles de ses mains sont noirs, probablement comme ceux de ses pieds qui s'enfoncent dans le sol. Son pantalon est déchiré et laisse apparaître un sexe broussailleux. Il balance ses bras en l'air, marche très vite, parle sans cesse d'une voix monocorde, puis subitement s'arrête, pose l'index sur sa bouche, le pouce sous la pointe de son menton : il semble réfléchir. Puis il repart de plus belle.

Un jour, Soledad a demandé à Soraya de lui traduire ses paroles : « Le grand nuage nous dévore. Découpés, mordus. Sombre, sombre. Chaos et squelettes dans la boue. Les entrailles vomissent. Vertiges et vipères. Je le dis, je le dis, je le dis. Les yeux crevés. Qu'ils sont beaux, mes yeux crevés… Le grand nuage blanc. Il arrive. Je le vois, je le dis, je le dis, je le dis. J'ai soif. Mais où est le puits ? J'y plongerai mes yeux crevés. »

Il est sale, il est grand. Il m'intrigue ; je le trouve beau.

Personne n'en a peur, il fait partie du paysage.

Soledad, un chapeau de paille sur la tête, a la joue posée sur son avant-bras. Je demande si l'eau est bonne.

— Poser cette question ici, à Tamanart, c'est comme demander si l'eau mouille, ou si le feu brûle ! répond Julie.

Certes.

Julie et Soledad sont devenues amies grâce aux cours de yoga au Centre culturel. J'y assiste parfois, contrainte par Soledad qui m'assure que « le yoga ne peut que te faire du bien ». Je déteste ça. Le yoga a sur moi un effet inversement proportionnel aux bienfaits qu'il est censé procurer : stress, tensions, déconcentration, sans même parler de ma méchante humeur. Il n'y a qu'un moment qui me réconcilie avec ces cours, un instant où je me laisse aller au spectacle et qui efface toutes mes crispations. Dans les classes de Soledad se mélangent les Algériennes et les Européennes.

Or, lorsque le chant des muezzins commence, s'amorce le ballet des musulmanes. Très discrètement, elles se lèvent, se placent face à La Mecque et entament leur prière. Soledad et Dieu partagent alors la même pièce et commandent en duo la bascule des corps. Ces danses singulières qui se mêlent m'émerveillent et m'apaisent.

Agacée par la remarque de Julie, je reste dans mon coin. J'observe la présence exceptionnelle d'une des femmes voilées qui entre doucement dans l'eau. Sa *mlaya* gonfle au fur et à mesure qu'elle s'enfonce dans l'immensité turquoise. Le contraste entre le noir du vêtement et le bleu de la mer frappe mon regard ; j'ai l'impression qu'elle pourrait s'envoler, portée par le tissu qui flotte autour d'elle. Seule sa tête émerge à la surface, son foulard est resté quasi sec. Les yeux clos, elle profite de cet instant parfait, le menton pointé vers le ciel, les joues et le sourire offerts au soleil. Elle se laisse glisser sur le dos. Mais son exquise sensation d'apesanteur se brise soudain. Un cri épouvantable déchire le temps suspendu, infiniment voluptueux, que je savoure presque autant qu'elle. La femme se redresse d'un coup, paniquée, et se débat avec sa robe alourdie par l'eau. Elle arrache son foulard, découvre sa chevelure à la vue de tous, attrape le bas de sa tunique qu'elle retire en poussant des hurlements. Elle se retrouve à moitié nue. Avant qu'elle se cache de ses bras et de ses mains, la plage tout entière peut voir les marques rouge vif qui lui balafrent les seins.

Les méduses sont de retour.

L'une d'elles s'est glissée dans son corsage et l'a brûlée. La pauvre femme, à présent secouée de sanglots, rejoint péniblement la rive. La plage est figée. Soledad attrape son paréo et se lève d'un bond, elle s'élance pour la couvrir. Le tissu posé sur ses épaules et croisé sur sa poitrine, elle l'attrape par le bras et l'aide à sortir de l'eau. Sa famille vient la recueillir sur le rivage, deux hommes debout en retrait, et deux femmes qui prennent le relais de Soledad, la remerciant d'un signe de tête et d'un sourire discret.

Les baigneurs ont regagné leurs serviettes. Mais les enfants, eux, guettent les flots pour repérer les méduses. Elles sont si étrangement attirantes. Avec leurs tentacules translucides comme des cheveux de princesse, elles les emportent vers un autre monde, peuplé de créatures énigmatiques. Les minots en ont aperçu un petit banc. Ils se mettent à crier et à le pointer du doigt, surexcités. Pendant qu'ils courent chercher des cailloux, j'attrape mes deux sœurs par le bras pour les éloigner de la rive, vers laquelle fusent bientôt les jets de pierres. Un front de jeunes guerriers attaque la mer, tandis que l'arrière-garde des adultes, les bras ballants, l'air attendri, presque amusé, laisse faire… Les petits caillassent les intrigantes. Leur fureur ne retombe pas. Une pluie de bâtons, de sable, s'abat maintenant sur l'eau.

Seul le fou poursuit invariablement sa litanie.

— Le grand nuage nous dévore. Découpés, mordus. Sombre, sombre. Chaos et squelettes dans la boue. Les entrailles vomissent. Vertiges et vipères. Je le dis, je le dis, je le dis. Les yeux crevés. Qu'ils sont beaux mes yeux crevés… Le grand nuage blanc. Il arrive. Je le vois, je le dis, je le dis, je le dis. J'ai soif. Mais où est le puits ? J'y plongerai mes yeux crevés.

Il n'y a pas de cause perdue aux yeux d'une bande de gamins : prendre une pierre, entrer en résistance, affronter les malfaisants…

Je les observe. Une infinie tristesse m'envahit.

Ils sont si petits ; certains ont cinq, six ou sept ans. Leur bataille, leur détermination à combattre et à vaincre me transpercent. Je ressens une solitude infinie.

J'ai envie de pleurer, mais je retiens mes larmes.

Je pleure tout en dedans.

J'ai cinq ans. Le sexe de mon père entre désormais dans ma bouche jusqu'à en vomir. Une fois aurait suffi pour me couper en deux, fatale. Il y en aura plusieurs.

Mon père. L'homme que je ne veux pas décevoir ; l'homme qui, en écartelant ma si petite bouche, me rend muette et désespérée à l'idée de perdre son amour.

Il faut s'appliquer. Faire attention aux dents et tenir, tenir, tenir… jusqu'à ce que ce soit fini.

Soledad est belle. Elle a de grandes boucles brunes qui lui caressent le cou, de jolies fossettes sur les joues, une peau dorée et une taille de guêpe malgré ses quatre grossesses. Soledad prend soin d'elle ; Soledad va au hammam. Parfois je l'accompagne, ou plutôt, comme au cours de yoga, elle m'y traîne. Mon ennui s'y déverse en grosses gouttes tièdes jusqu'au bain glacé, qui me met de mauvaise humeur. Invariablement.

Celui qu'elle fréquente est plutôt vilain. Rien à voir avec les images d'Épinal des *Mille et Une Nuits* ou des palais orientaux avec leurs alcôves, leurs colonnes, leurs zelliges, leurs mosaïques et leurs arches majestueuses. Des pièces rectangulaires de tailles diverses se suivent, en enfilade, de la plus froide à la plus chaude, carrelées d'un blanc tirant vers le gris, avec de part et d'autre des bancs en béton ciré. L'architecture ne raconte rien. En revanche, les boîtes à savon et à onguents mystérieux, en cuivre ou en laiton ajourés, rappellent un temps ancien. Elles scintillent et parent les nombreuses Constantinoises qui viennent ici, essentiellement, pour faire leur toilette.

Soledad est chez elle. Elle se sent à l'aise au milieu de ces femmes, de tous les âges et pour la plupart girondes, volubiles, nues, rieuses. Sur le chemin du hammam, elle m'explique pour la énième fois qu'elle ne sait jamais dans quelle langue s'adresser aux gens d'ici. Quand, l'autre jour, elle s'est décidée à faire sa commande en arabe, le nouveau boulanger lui a fait comprendre qu'il connaissait parfaitement le français, et le lendemain, au marché, quand elle s'est exprimée en français, un marchand lui a rétorqué qu'en France, il ne lui viendrait pas à l'idée de faire ses courses en arabe. Elle veut donc parfaire son vocabulaire avec les filles du hammam.

— Tu vas voir, ça va être chouette.

Dans la vapeur, je boude. J'ai ramassé mes genoux sous mon menton, encerclé mes jambes de mes bras, et j'écoute la ribambelle de bonnes femmes dégoulinantes, lançant à la volée des listes de fruits et de légumes. N'importe quoi.

Melon ?

— بتيخ

Abricot ?

— مشماش

Sauf que le mot pour dire abricot, شماش, Soledad le connaît. Et elle le prononce avant tout le monde, ce qui lui vaut une salve d'applaudissements et de youyous euphoriques.

Aubergine ?

— بادنجال

Ah, oui ! C'est vrai. Elle le savait. Elle le savait, si !

Elles rient. Une des filles complimente son accent. Elle va progresser rapidement, pas de doute.

Oui, Soledad a une excellente oreille.

Et pain ? Est-ce qu'elle sait dire pain ?

Mais bien entendu : خبز

À propos de pain, les femmes considèrent que Soledad ne nourrit pas bien sa fille. Je n'en mange pas assez, apparemment. Qu'est-ce que c'est que cette gamine toute maigre ?! Et même elle ! Les hommes aiment les femmes rondes, bien en chair. Elles n'ont que la peau sur les os !

Soledad sourit, et argumente.

— En Algérie, les hommes préfèrent peut-être les femmes plantureuses, mais pas chez nous, en France.

Impossible. Soledad se trompe, c'est sûr. Les hommes du monde entier veulent des femmes pour faire des enfants. Des mères solides, aux hanches larges et aux fesses rebondies, avec des seins et une chair présente, expressive. Un corps de femme, il faut pouvoir s'y perdre et s'y reposer confortablement.

Toutes s'esclaffent.

L'une d'elles commence à me toucher, à m'examiner sous toutes les coutures, à me pincer les joues, les bras, les cuisses…

— Les hommes, ils aiment les formes, ma fille, me dit-elle.

Je me laisse faire, exaspérée, et puis je finis par réagir :

— Non, mais… on ne va quand même pas se préoccuper de ce que veulent les hommes, non plus ! On fait comme on a envie !

— Ma fille, qu'Allah t'entende ! Tu crois vraiment que nous, les femmes, on a le choix ? Tu es bien jeune. Je ne pense pas que tu as vraiment le choix, au fond, même si tu crois l'avoir. Mais sache que, nous, ici, nous sommes sous l'autorité et la responsabilité de nos hommes, tu comprends ? Nous, on ne fait pas ce qu'on veut, ma fille, on ne fait pas « comme on a envie », comme tu dis.

Elle passe sa main dans mes cheveux, avec une infinie tendresse.

— Ma fille, ah ma fille, si tu savais… Dans mon pays, la Constitution dit que la femme est un être inférieur, un être qu'il faut protéger. C'est ça, protéger…

Un drôle de silence s'est installé. Et la femme continue ses caresses, entamant sa complainte.

— Protéger, éduquer, enfermer, dominer, écraser, manipuler… (Elle se tait un instant.) Mais c'est pour notre bien, ma chérie. Nous avons tenté de nous défendre. Nous avons exprimé notre désaccord, nous avons manifesté. Rien n'y a fait. Nous sommes encore plus soumises qu'avant. Soumises, mais unies.

Une grande femme est restée en retrait. Sa chevelure, rousse, recouvre sa poitrine généreuse et lui caresse le nombril. Elle m'intrigue depuis le début de la conversation.

Elle tend vers nous une main tatouée au henné :

— Oh, Fatima ! Ça va, tes histoires de droits des femmes ! Parlons des hommes. On aime leur faire plaisir, à nos hommes ! Parlons d'amour, quand même !

Fatima prend mon visage dans ses mains.

— Non mais… t'es belle ma fille. Tu es très belle. Mange juste un petit peu plus.

Elle ouvre alors ma bouche et, auscultant mes dents, elle me dit, en me claquant une petite tape sur la joue :

— Tu as de très belles dents. Là, c'est bien ! Tu te laves bien les dents, ça, c'est très très bien !

Toutes rient.

Pas moi.

L'appartement a un cabinet de toilette. Une petite pièce avec un lavabo et un miroir, qui donne sur une autre plus exiguë encore, celle des W.-C., séparées par une porte.

Je sors de la chambre de mes parents. J'ai demandé s'il avait besoin d'un Kleenex. Il m'a sommée de partir. Il est resté allongé sur le dos, ses pieds dépassent du matelas. Je pourrais entrer tout de suite à gauche, dans la grande salle de bains, avec la baignoire rose et les murs bordeaux. Je préfère courir au cabinet de toilette, plus loin dans le couloir. Loin, le plus loin possible, qui est encore trop près. Je referme la porte derrière moi, et je crache. Je crache tout ce que je peux. Je laisse couler l'eau froide du robinet. Je rince ma bouche de longues minutes, aspirant l'eau claire et fraîche. Une fois passée dans tous les recoins de mes gencives, entre mes dents, sous ma langue, mon palais, au fond de ma gorge, je l'expulse dans un jet dru, gluant, tiède, et je recommence. Je pourrais plonger ma tête tout entière dans une bassine d'eau glacée.

Je frotte mon visage avec cette eau. Cette eau bénite.

Je finis par regarder mon visage dans le miroir.

Et pourtant, elle tourne

Il ne suffit pas de se rincer à l'eau claire. Il faut se brosser les dents, et faire déborder le dentifrice sur le pourtour de la bouche, jusqu'aux joues, afin que l'odeur de la menthe efface tout à fait celle du sexe.

Je frotte ainsi, longtemps.

J'ai six ans.

Ma boum. La maison grouille de jeunes. La cassette que j'ai préparée joue « Too Shy » de Kajagoogoo. Il fait sombre, tous les volets sont fermés et laissent à peine percer la lumière du jour. La boule à facettes projette de petits reflets sur les murs ; trois spots rouge, jaune et vert clignotent. Toute la bande connaît le tube par cœur, au moins en yaourt, sauf Alexandre et moi qui entonnons un playback impeccable. Nous dansons face à face en grimaçant. Le morceau qui suit, « Endicott » de Kid Creole & The Coconuts, m'amuse énormément. J'invente des chorégraphies extravagantes, montant les genoux jusqu'à mon visage, tel un soldat en marche, remuant ma tête d'avant en arrière tandis que je zigzague sur la piste.

En plein délire « coconutesque », la sonnette de l'entrée retentit. Tous les invités sont là ? Je fais un décompte rapide. Non, il manque Julien. Arrêt net de tout mouvement :

— La vache, et si c'était l'Amerloque ?!

J'ai réussi à l'inviter. Il y a deux semaines, j'ai fait ma virée chez Sandrine au camp américain. Ce que j'aime aller chez elle ! D'abord, pénétrer dans le camp à bord de l'énorme 4 × 4 conduit par le chauffeur de ses parents, c'est comme rentrer dans un décor de cinéma. Une barrière se lève et nous avançons dans des allées quadrillées, bordées par des maisons en préfabriqué. Me voilà sur une autre planète. Une fois arrivées devant celle de Sandrine, nous retirons nos chaussures à l'entrée. Nous y sommes obligées, pas comme chez moi. C'est assez logique : la maison est entièrement tapissée d'une épaisse moquette.

Je reste sur le seuil de la porte, j'enfonce mes orteils dans le moelleux du sol sans poussière. Avec délectation, je frotte la plante de mes pieds, je contracte mes orteils comme pour les faire disparaître dans le tapis laineux qui sent le propre. Un champ soyeux et chaud, qui chatouille un peu. Puis je file retrouver Sandrine qui a déjà sorti le goûter. La cuisine est moderne ; les meubles jaune citron sont encastrés dans le mur, et il y a cet incroyable frigidaire qui distribue des glaçons. Les placards sont remplis de produits américains : pain de mie bien blanc, bidon de jus d'orange géant, paquets de céréales sucrées, au chocolat, pots de beurre de cacahuète… Je suis émerveillée. Chez moi, entre les dattes, les abricots, le riz au lait à l'écorce d'orange, les *mantecados* à la cannelle, les *rosquillas* à l'anis cuisinés par Soledad, il ne se glisse que très exceptionnellement des bonbons chimiques, rapportés par un ami coopérant – commande de Bernard pour nous faire une surprise. Pas l'ombre d'un produit industriel, hormis le sucre, la farine. À chaque fois que je suis invitée chez Sandrine, je demande de la glace au chocolat avec des pépites… Cette maison semble tout droit sortie d'un épisode de *Madame est servie.* J'y croque un peu de ce monde que j'idéalise, dont je me rapproche pendant les vacances, quand je rentre en France.

Pour moi, la France, c'est Vegas – les devantures de magasins, les enseignes publicitaires, les supermarchés, les affiches placardées dans les rues, les salles de cinéma et la dame qui vend du pop-corn, des esquimaux, des barres chocolatées, qu'elle porte dans le grand panier sanglé autour de son cou… À chaque séjour, nous en prenons plein les yeux et, instantanément, notre appétit de consommateurs se réveille. Là-bas, nous écoutons le Top 50 ; en Algérie, nous n'y avons pas accès. Sitôt notés tous les morceaux qui nous plaisent, vite, nous faisons le plein de 45 tours. Devant les vitrines, nous rêvons de tel pantalon, de telle robe, qui nous seront offerts à nos anniversaires, Noël ou encore par notre grand-maman lorsqu'elle veut nous gâter.

Au contraire, à Constantine, tout cela nous importe peu. Nous n'y pensons pas. Nous sommes totalement déphasés d'avec la vie de la jeunesse française. À part quelques rares magazines *OK !*, que nous lisons en cachette de nos parents et qui nous projettent dans l'actualité des vedettes et de la mode, nous sommes loin, extrêmement loin de la société de consommation occidentale. Nous avons notre propre culture. Un fantasme de France, un vent lointain d'Europe se glissent dans une réalité de l'adolescence sans télévision, sans journaux, sans radio. Les jeunes expatriés que nous sommes se contentent des étals des marchés, des magasins d'alimentation et d'artisanat local. Une adolescence pieds nus, jeans et tee-shirts simples, qui soigne son apparence, mais avec ce qu'elle a, sans plus.

La tentation vient seulement des hormones.

Le jour où je suis allée porter à l'Amerloque mon invitation, j'ai été subjuguée, comme je l'avais prévu, comme je l'avais décidé. Peter aurait été banal que je ne m'en serais à peine aperçue. Il devait coûte que coûte coller à mes rêves. Le soir, avant de m'endormir, je m'invente un scénario où il me prend par la taille et plonge ses yeux dans les miens, comme dans mes romans à l'eau de rose. Je frotte alors mon visage contre l'oreiller, je gratte mes jambes et mon ventre sur les draps, et me secoue comme un animal pris de spasmes en poussant des cris, surexcitée de joie.

Ce jour-là, il jouait au billard dans le gros bâtiment central du camp, avec d'autres gars. Sandrine et moi, nous avons d'abord fait les timides. J'avais un trac fou, même si je sais me montrer culottée quand Sandrine n'ose pas trop. Nous nous sommes faufilées à petits pas chassés vers la table de billard éclairée par les cieux. Peter s'est redressé pour nous regarder approcher – j'ai cru que ses yeux verts lançaient des rayons. Il éclipsait le monde. Après un bref salut, il s'est penché pour viser une boule. Nous sommes restées de longues minutes à le regarder jouer, puis les garçons nous ont proposé de les rejoindre. Je flottais sur un tapis volant. J'ai réussi du premier coup et j'ai lancé des youyous puissants – je les fais comme personne. Ça a fait rire tout le monde, mais Peter n'a pas esquissé le moindre sourire. À la fin de la partie, je l'ai invité.

Je fonce dans l'entrée, suivie de près par Sandrine, Térésa, Béatrice et Olivia. J'ouvre : Peter est là. Son sourire est éclatant. La porte à peine ouverte, il entre, escorté de ses deux copains et s'avance avec l'assurance de ceux qui ont tout, de ceux qui croient tout avoir.

Auprès de ma petite bande de filles, Peter est bientôt intronisé roi. Il présente sa garde rapprochée, laisse glisser son regard vert sur chacune. Nous sommes toutes plantées autour de lui comme des courges, le sourire béat. Il s'arrête net sur Olivia, qui ne se fait pas prier et lui décoche des œillades de gazelle.

La parade nuptiale a commencé.

Peter lui fait la bise, prend congé des autres, dépitées, et monte les premières marches de l'escalier, en faisant signe à ses acolytes de le suivre.

Je n'en reviens pas, et marmonne :

— Mais quel con, ce mec ! Super beau, mais super con !

Prostrée, je laisse tout le monde rejoindre l'étage. Sous mon crâne, mes pensées fusent et cognent comme une boule de flipper :

« Je suis quand même plus belle qu'Olivia, non ? »

Pas le même style.

« Je ne vais tout de même pas me faire doubler par cette nana ?! »

Pas si sûr.

Tout à mes ruminations, je m'accroupis pour caresser Bella, venue se caler entre mes jambes. « Partenaire particulier » résonne, puis « Take on Me ». La boule de flipper frappe son plus gros score : « Allez Latzari ! À l'attaque ! »

Je regagne la piste et me lance dans un numéro grandiose. Je multiplie les pas de danse athlétiques, sophistiqués, comiques ; les expressions se succèdent sur mon visage, mes mains tantôt plaquées sur ma poitrine tantôt tendues vers mes partenaires. Avec les ralentis, les accélérations, les sauts, les caresses au sol, je donne tout. Le spectacle est colossal.

Ma prestation m'absorbe à tel point que je remarque à peine l'arrivée de Julien, qui se poste au milieu de la piste pour me présenter un gars qui vient d'arriver à Constantine. Il fera la fin d'année dans notre classe. Sans prendre la peine de le regarder, je baragouine :

— Ah, chouette, bienvenue.

Je constate tout de même qu'il est immense, ce nouveau. Je me hisse sur la pointe des pieds pour lui faire la bise. Il se penche et dit quelque chose. Je n'écoute pas, je ne regarde pas, je suis focalisée sur Peter. Mais rien. Mes gesticulations sont vaines, l'Amerloque ne m'adresse pas un seul regard.

Je ne m'avoue pas vaincue pour autant – jamais ! – et quand démarre « Alive and Kicking » de Simple Minds, je tente le tout pour le tout. Cette chanson déclenche en moi une force sensuelle intense. Dans l'intro, le synthé, la batterie et la basse font prendre la sauce et monter des sensations chaudes. Ça me donne le courage d'aller lui parler. Il est appuyé sur la grande table plaquée contre le mur. Assise sur le rebord, Olivia rit avec lui ; elle a poussé les assiettes de bonbons, de fruits, de biscuits, et balance ses jambes d'avant en arrière. Peter, toujours avec cet air détaché, son verre de Gazouze orange à la main (le soda fluo que l'on boit ici), discourt sans s'arrêter.

Mais qu'est-ce qu'il peut bien lui raconter ? Je suis toujours épatée de voir tant de gens parler dans les soirées. Au milieu du brouhaha, de la musique, de la marée de visages plongés dans l'obscurité, ils donnent l'impression d'avoir des quantités de choses à se dire et rient, s'esclaffent, se font des confidences, l'air concerné. Mais comment peuvent-ils se parler autant ?

Et moi, que vais-je trouver à lui dire ? Je décide d'improviser. Le temps de traverser la piste, les entrées en matière se succèdent dans ma tête : « Ça va ? », « Ça se passe bien ? », « Tu ne danses pas ? », « T'as goûté les gâteaux, c'est moi qui les ai faits ! Ce sont des *mantecados*, ou des *rosquillas*, deux recettes de mon *abuelita* (oui, grand-mère se dit *abuelita* en espagnol) ». Or, je ne marche pas, je fonce. Et, après cette dernière réflexion ridicule, je me retrouve à sa hauteur. J'ai un blanc phénoménal, le vide abyssal. Il me regarde, interrogatif. Je grimace d'un sourire épouvantable, repousse une mèche humide collée à ma bouche, déglutis discrètement – que je crois ! – pour enfin commettre ce geste réflexe, destructeur, de me passer le poignet sous les narines pour essuyer la sueur qui brille au-dessus de ma lèvre.

L'horreur. Je viens de me cribler, sans l'aide de quiconque, de mille banderilles… Je dois bien savoir qu'il vaudrait mieux tourner les talons, retourner dans mon coin comme une gentille fille, et sauver ce qu'il me reste de dignité ? Mais non. Pour quoi faire ? Je plonge la tête la première, en prononçant un à un les mots de ma mise à mort. Les yeux rivés sur le tee-shirt de Peter, je lance :

— Hé Peter ! Ça veut dire quoi, ce qui est écrit sur ton tee-shirt ?

Le tout avec les deux mains à présent nouées dans le bas du dos, signe d'une régression à l'âge de, au moins, trois ans.

Une catastrophe. Lorsque j'ose lever les yeux vers lui, je constate qu'il n'a aucune expression. Je me redresse et croise mes bras sur ma poitrine dans une sorte d'instinct de survie, mais qui ne va pas pour autant m'épargner l'estocade. J'entends :

— Ben… Nique !

Et je le déchiffre alors : ce mot inscrit sur le tee-shirt de Peter qu'il prend soin de souligner avec son doigt, d'un air supérieur, tout en appuyant fort sur le *i* pour que j'entende bien le verbe *niquer*.

La marque Nike me saute alors au visage et la honte s'abat sur moi. Et en une fraction de seconde, je fuis. Me voilà métamorphosée en autruche, au milieu d'un désert de sable jaune, entièrement plat, une steppe de dessin animé. Je tourne ma tête à droite puis à gauche, avant de plonger mon bec dans le trou situé entre mes deux longues pattes. J'ai la tête au frais, et le cul à l'air… Vite disparaître, mourir, tout de suite !

Lorsque je reprends mes esprits, Peter et Olivia se gondolent. Olivia en rajoute, car elle n'a pas vraiment saisi, elle non plus, qu'il s'agissait d'un tee-shirt Nike. Nos looks ne sont pas siglés. J'ai du plomb dans la bouche, dans les jambes, et mes cheveux sont givrés sous l'effet du vent glacé projeté par Peter. Et afin de parfaire ce happening lamentable, « Careless Whisper » vient couronner Olivia reine du jour. Sous mes yeux, Peter pose son verre, lui tend la main et l'entraîne sur la piste pour le slow le plus puissant du moment.

Jérémie « le nain », comme nous l'appelons entre nous – un petit gars très sympathique, mais qui a oublié de grandir –, profite de l'aubaine. Il a calé ses mains autour de ma taille, prenant bien soin de tendre les bras afin de rester à une distance respectable, et commence à se dandiner, avec la mine de celui qui veut bien faire et qui vit intensément le moment.

Je me sens vidée, et si bête. Mon regard croise celui de Julien – je le vois, il compatit. Assis juste à côté de lui, son copain est tellement grand que ses jambes, allongées, pourraient atteindre le milieu de la pièce. Il a les bras tranquillement croisés sur son ventre.

Je lui souris. Il me sourit aussi.

Il a les yeux bleus.

Il faut ranger le bazar à toute vitesse. Ce soir, Bernard et Soledad ont organisé une fête – la leur. Il s'agit maintenant de nettoyer la table et le sol. Les filles sont là pour m'aider.

Les grands aussi font leurs « boums », des soirées dansantes auxquelles nous sommes autorisés à participer jusqu'à tomber de sommeil. J'ouvre en grand les fenêtres et les volets, je repense à cette fin de journée, à la manière dont Peter s'est éclipsé sans me saluer, et puis au copain de Julien. Je réalise que je ne connais pas son prénom. Il m'a fait la bise en partant. Je n'ai pas dit un mot ; je n'ai pas osé.

Bientôt, ils seront tous là, les professeurs, les instituteurs, les employés du Centre culturel, du consulat, certains d'Air France, quelques médecins, des ingénieurs français de la société Lafarge. Cette petite bande en majorité française, mais qui compte quelques Algériens, Polonais, Tchèques, Russes, danse jusqu'au bout de la nuit. Ensemble, ils savourent le couscous préparé par les femmes de maison constantinoises, ainsi que les plats apportés par chacun, le tout arrosé de sidi brahim et de punch planteur servi dans de grands saladiers qui ne tarissent jamais.

Tous dansent le rock. Ils se déchaînent sur « C'est lundi » de Jesse Garon : « C'est lundi / Dans mon lit / L'est onze heures / Mal au cœur. » Le sang des uns et des autres commence déjà à s'alcooliser ; les joues et les nez brillent et rougissent ; les haleines sentent le rhum. On est beau. On est content d'être heureux.

Dans la cuisine, Farida et ses deux cousines ne quittent pas les fourneaux. Elles encouragent Soledad et Julie qui ne cessent leurs allers-retours vers le salon, pour rapporter les plateaux vides, les garnir de canapés, de légumes. Toutes deux attrapent des verres, des serviettes, avalent un grand verre d'eau, se remettent du rouge à lèvres. Ah, ça, pour danser, elles dansent !

Moi, je suis avec ma petite bande de filles : Béatrice, Sandrine, Térésa et même Olivia, qui m'a suppliée de rester, sous prétexte que son frère serait là (je n'ai pas eu l'autorisation d'inviter les garçons). Nous nous empiffrons joyeusement de boulettes, de carottes trempées dans la mayonnaise aillée à la tomate, des *empanadas* au thon et aux olives, du caviar d'aubergines, des bricks aux œufs, des toasts de crème de foie de volaille au cognac…

Chez mes parents, les invités ne trouvent jamais l'ombre d'une chips, la moitié d'une cacahuète, ni le moindre petit cracker. Même si elle est très aidée, Soledad cuisine tous les jours pour six personnes, et des heures entières les soirs de fête. Elle prend soin de proposer toutes sortes de mets atypiques, recherchés, toujours délicieux. Recevoir est un art qu'elle nous a transmis, à tous. Recevoir est un plaisir que l'on s'offre, un cadeau que l'on fait et que l'on se fait. Ce que l'on gagne en retour n'a pas de prix.

Une fois que nous avons ingurgité tout ce que nous pouvions, nous faisons un tour par la piste de danse. M. Parrière, le professeur de mathématiques, m'appelle et je ne me fais pas prier. Je dépose les sablés salés dans les mains de Béatrice et lui glisse à l'oreille :

— Faut choper du punch, *discrétos* : on se retrouve sur le toit.

« Middle of the Road » des Pretenders commence. Je traverse le salon les deux mains en avant, prête à les déposer dans celles de mon professeur et à me laisser guider le temps d'une chanson. Depuis quelques années déjà, je danse le rock avec les amis de mes parents. M. Parrière est l'un de mes préférés : il a un sacré sens du rythme, il invente des passes, il claque ses sandales sur le sol, tout en étant d'une légèreté extraordinaire. Avec lui, j'accède à un état d'extrême attention et de lâcher-prise qui me permet à la fois de m'appuyer sur ma base et d'anticiper toutes ses audaces. Notre créativité existe grâce à un socle, à une maîtrise libératrice. Il en a fallu des fêtes pour en arriver là.

Le temps de la chanson, nous sommes dans une bulle. Ma respiration se cale sur la sienne, mon regard est planté dans le sien. Pourtant, une part de moi sent l'ambiance électrique et sensuelle qui règne autour de nous.

Je sais. Je sais très bien.

On fait beaucoup l'amour chez les adultes, et pas forcément avec son ou sa partenaire officielle.

Je saisis aussi qu'un groupe de chanteurs, dirigé par Bernard, s'est installé sur la petite terrasse et entonne le « Méli-mélo » des Frères Jacques. L'écho qui m'en parvient me crispe, tout à coup. Tandis que je tournoie et virevolte d'un bout à l'autre de la piste, je croise des regards, des corps, comme autant de statues de cire dans un musée : face aux figures que nous réalisons, avec M. Parrière, ils se sont tous figés. Je remarque que Soledad et Fabrice se regardent, de loin. Exactement comme Tony et Maria, dans *West Side Story*, lorsqu'ils se rencontrent au bal.

Quand je remonte de mon rock, les filles sont déjà installées sous le ciel étoilé. En tailleur ou allongées sur de gros coussins, elles ont à leur disposition une piscine de punch, avec des verres de thé à la menthe, étroits, peints à la main de petits points multicolores – elles se sont déjà envoyé chacune trois verres, facile.

Olivia m'attrape par le bras. Avec un sourire complice, elle affirme qu'elle n'est pas sortie avec Peter. Et elle n'en a pas du tout l'intention. Elle me gonfle, Olivia : je me fiche pas mal de ce petit con d'Amerloque. Qu'est-ce que ça peut bien me faire qu'elle sorte ou non avec ce type ?

J'avale cul sec un verre de punch, puis un autre.

Il est sans intérêt et il n'est même pas si beau.

Dans le fond, la terrasse, la musique, les copines… On ne pourrait être mieux. Il n'y a guère que dans ma chambre, mon nid, où je me sens aussi bien. J'ai envie de rire, de me rouler par terre, de prendre Béatrice dans mes bras et de hurler que… vive la vie, quoi !

Je regarde les filles. Elles sont toutes belles, même les plus moches. Qu'est-ce que je dis ? Aucune ne peut être moche puisque je les aime.

Et un punch de plus.

Mais Térésa veut dire quelque chose, ce qui est tout à fait inhabituel. Térésa a la parole succincte. Sa voix arrive de nulle part. Une question la turlupine et elle a besoin de nous la soumettre.

— J'aimerais savoir comment on embrasse, en fait. Sur la bouche, je veux dire. Comment on embrasse un garçon, quoi.

Alors là, je n'en reviens pas. Olivia non plus d'ailleurs, qui pousse instantanément un cri d'étonnement :

— T'as un mec ?

N'importe quoi. Olivia est tellement bête, parfois.

Térésa enchaîne.

— Je veux juste savoir comment on embrasse un garçon avec la langue.

Avec-la-langue.

D'ordinaire, Térésa est la fille la plus discrète du monde. Elle s'excuse presque d'exister. Qu'est-ce qui lui prend ? Ce punch miraculeux semble la révéler. Elle a gardé son air impassible, sérieux. Pas le moindre sourire moqueur, pas la moindre malice dans le regard. Non, elle veut savoir, voilà tout.

La question n'inspire, dans un premier temps, que le silence. Les filles ne savent pas, aucune ne sait précisément.

Nous n'abordons jamais ce sujet. Pour ma part, je n'y pense pas. Dans les romans Harlequin passés sous le manteau par les copines – que je dévore en cachette –, ça s'embrasse pourtant à tout va. Je les aime tellement, mes Harlequin ; ils m'enveloppent d'un érotisme fou auquel je suis complètement accro.

Parfois à mes risques et périls.

L'autre jour, j'étais tranquillement en train de lire, bien calée sur la cuvette des toilettes du bas. Je n'avais pas fermé la porte à clef. (Bernard et Soledad nous ont toujours interdit de nous enfermer dans les W.-C. et la salle de bains. Ils veulent pouvoir entrer, si besoin.) Plongée dans les voluptés d'un vol au-dessus de je ne sais quelles eaux turquoise, en compagnie de la timide Johanna, à la chevelure de Belle au Bois dormant, et du riche Joey, bien bâti, à l'impeccable chemise blanche, je n'entends pas les voix qui s'élèvent de la maisonnée. À l'étage, Soledad demande à Farida de lui monter une brique de lait avant de partir. Farida grommelle : elle a déjà enfilé sa *mlaya*, déposé sur son visage le *laadjar* – le petit voile blanc brodé de dentelle. Elle porte son sac à son poignet…

Quand la porte des toilettes s'ouvre, je suis prise en flagrant délit. Farida me voit sur le trône, pousse un cri d'épouvante. Oui, parce que la réserve de lait est dans les toilettes du bas. Je relève la tête de mon livre et, dans un réflexe de pudeur et de honte, je cache mon Harlequin dans mon dos. Farida claque la porte, furieuse.

— Tu n'as donc aucun respect ?! Il faut fermer à clef !

Tétanisée sur la cuvette, j'oscille entre l'envie d'éclater de rire et l'angoisse d'avoir été démasquée dans mes délices d'amours aériennes. J'entends Farida grommeler en arabe, puis me lancer :

— Passe-moi du lait !

Je soulève légèrement les fesses du trône, attrape un litre dans le mur de Tetrabrick derrière moi, et glisse un bras à travers la porte entrouverte. Je tente :

— Tu me pardonnes ?

Farida baragouine en remontant l'escalier :

— De quoi tu parles, ma fille ?

Il est grand temps de quitter cette pièce. Après avoir vérifié qu'il n'y a personne dans le couloir, je remonte les marches quatre à quatre, tel un léopard en pleine chasse, et cours jusqu'à ma chambre quasi sans respirer. Après avoir claqué ma porte, je saute sur mon lit et plonge le précieux ouvrage sous mon oreiller. Dans cette maison, il n'y a que dans mon nid que je suis à l'abri.

Quoi qu'il en soit, pour moi, le baiser n'est pas un sujet. En revanche, les frissons de mes lectures érotico-cucul m'ont conduite assez vite à la masturbation. Et, si je me suis contentée jusqu'à présent de faire des smacks, je me caresse l'entrejambe régulièrement. J'arrive à me procurer des sensations agréables, sans trop savoir comment, étant donné que je ne fais jamais vraiment la même chose.

Ce soir, dans les vapeurs de l'alcool et la chaleur du printemps, la question de Térésa nous plonge dans la perplexité. Je repense à Brandon embrassant Ludivine dans mon dernier Harlequin : il n'y avait aucune information technique qui puisse nous aider ici. Le silence qui dure, qui plombe, rend la question cruciale et la réponse indispensable.

Une tournée de punch s'impose.

Béatrice prend la parole. D'après ce qu'elle a compris, il faut s'adapter au mec, et ce n'est pas une mince affaire !

— S'il n'ouvre pas la bouche, surtout... Hein, les filles ? Écoutez bien ! Il ne faut surtout pas ouvrir la bouche.

Les filles ont l'air préoccupé, prises de trac. Leurs visages sont fermés. Moi, je réfléchis : il y a différents paramètres à prendre en compte, c'est vrai. Mais ça ne résout pas ce qu'il en est de la langue.

Béatrice poursuit.

— C'est le mec qui guide. Alors, s'il ouvre la bouche, eh bien, c'est qu'il va la mettre, sa langue. Pigé ? Et là, il faut se préparer.

Impossible de rester sérieuses : nous éclatons de rire, entre gêne et excitation. Béatrice est ravie de son effet.

— Comment ça, « se préparer » ? demande Sandrine, manquant d'avaler son punch de travers.

— Qu'est-ce que tu crois qu'elle fait, la langue du mec, quand elle est dans ta bouche ? Tu crois qu'elle attend tranquillement ? Que fait le garçon ? Eh bien, il la tourne, sa langue, et dans un sens bien précis...

Cette fois, c'est elle qui s'esclaffe, crachant même un peu de punch, ce qui nous fait rire de plus belle. Décortiquer toute cette affaire nous rend hystériques.

— Et la fille, alors ? Elle fait quoi, la fille ?

— La fille, ben, elle doit absolument la tourner dans l'*autre* sens ! Vous comprenez ?

Toute cette opération a l'air horriblement compliquée. Chacune d'entre nous essaie de visualiser la situation, se laissant griser par l'envie que ce baiser advienne, malgré le pressentiment d'aller à la catastrophe.

Béatrice se délecte de nos mines déroutées.

— Non mais… c'est pas non plus la lune, les pucelles !

Elle tire sa langue bien fort et, avec son index, propose de passer de la théorie à la pratique.

Prises d'un fou rire irrépressible, nous nous écroulons sur les coussins, en poussant des cris. L'hilarité a envahi tout l'espace, et l'alcool a fait tomber nos dernières inhibitions. Les jambes par-dessus têtes, les yeux dégoulinants, les mains plaquées sur les côtes, nous peinons à reprendre notre souffle. Olivia se prête illico à l'expérience – moi aussi, évidemment. Bientôt, nous ne sommes plus que doigts qui s'enfoncent dans la bouche et que bouches qui lèchent les doigts. Nous beuglons, nous couinons, nous piaillons, nous braillons, nous bavons, tant et si bien que nous ne sentons plus nos têtes qui tournent, ni le ciel qui tangue.

Depuis la terrasse, on entend au loin « Walk On The Wild Side » de Lou Reed. Le saladier est vide. Est-ce qu'on ne devrait pas boire de l'eau, plutôt ? Il n'est peut-être pas trop tard.

Titubante, je me lève.

Arrivée en bas, je me plante dans l'embrasure de la porte du salon. Je cligne des yeux plusieurs fois, tant l'ambiance de fumée est floue, embuée, humide. Petit à petit, je découvre les couples, collés les uns aux autres. Les corps sont nus, les peaux sont moites. Les souffles couvrent la musique. Les bouches mangent, les mains s'agrippent, les cheveux s'emmêlent. Les visages n'ont plus de noms.

Une orgie gluante, haletante, s'étale sous mes yeux. Je crois voir Soledad embrasser Bernard, ou Fabrice.

Le temps d'arriver jusqu'à l'évier de la cuisine, je vomis.

Nous allons au restaurant. Tous les deux. Dans un grand restaurant. J'ai pu mettre le chapeau de maman que j'adore, une de ses longues jupes aussi. Devant son armoire grande ouverte, je suis la reine de la maison, l'unique. Tout ceci est à moi.

Nous allons manger des fruits de mer, au Zeyer. La lumière y est jaune orangé. Les voitures du rond-point d'Alésia ne savent pas. Personne ne sait. Je mange les grosses crevettes décortiquées, les bulots trempés dans la mayonnaise onctueuse, les huîtres fraîches.

Et, dans ma tête, la voix me dit : « Profite, profite avant. »

Alors je profite. Je ne suis que cuillerées, que bouchées. Je suis une forcenée du présent que je voudrais absolu, éternel.

Je m'agrippe à l'instant, l'instant d'avant l'apnée.

De retour à la maison, il n'aura de cesse que de frotter ses mains contre mes cheveux et d'appuyer au sommet de mon crâne. Chaque fois un peu plus fort. Jusqu'à la garde.

Il faudra juste que je pense à me retirer avant.

J'ai sept ans.

Je veux être actrice. Ou plutôt, je veux être Sophie Marceau. Lorsque je l'ai vue dans *La Boum*, je l'ai enviée tout de suite. Je trouve que je lui ressemble un peu. Beaucoup, même. J'aimerais tant qu'on me repère dans la rue et qu'on me propose un rôle dans un film à succès ! Je veux que le doigt de Dieu se pose sur mon front et m'offre un destin exceptionnel.

En attendant ce jour, je fais mes armes au Centre culturel. J'y pratique toutes les disciplines rêvées d'une future comédienne : la danse, le chant et le théâtre. Depuis mon arrivée à Constantine, j'ai monté des spectacles, j'ai chanté dans la chorale de Bernard, j'ai assisté à tous les festivals de jazz et concerts possibles.

Ainsi le Centre culturel est devenu une seconde maison. J'y ingurgite de l'art au kilo, sans même m'en rendre compte. Dans le grand hall, je passe des heures à écumer les expositions, à regarder des sculptures, des peintures… que je ne comprends pas toujours. Un jour, j'ai pris un carré blanchâtre, encastré dans le mur entre une toile entièrement bleue et une toile complètement orange, pour une des œuvres de l'artiste. Je suis restée plantée là d'interminables minutes, guettant une émotion, un déclic, un semblant de sens, jusqu'à ce que quelqu'un m'explique qu'il s'agissait seulement de la trappe du local technique. La route est longue, parfois.

Il faut reconnaître que, dans les musées, j'ai tendance à m'ennuyer, et surtout, à me sentir nulle, comme si je n'étais pas digne d'être là. Plus jeune, j'avais la sensation qu'il me manquait de l'intelligence, du raffinement peut-être, pour comprendre ce qui se jouait sous mes yeux. Et je n'osais, ne serait-ce qu'à moi-même, exprimer une opinion sur ce que j'éprouvais face à une œuvre. Avais-je raison d'aimer ou de ne pas aimer un tableau ? Et si j'aimais, est-ce que cela signifiait que c'était de l'Art, du vrai, du beau ? D'un air tantôt entendu, tantôt concerné, je déambulais dans les expositions, persuadée que les contorsions de mon visage m'aideraient à élaborer une réflexion. Souvent je restais là, et il ne se passait rien. Le vide avait pris possession de mon être, et la honte, la tristesse, m'étreignaient le cœur. Je finissais par me dire qu'un jour, la révélation se présenterait à moi.

Le miracle s'est produit, une fois. À Madrid, au Prado. J'avais dix ans. Je me souviens d'une salle assez petite, dans laquelle j'étais entrée comme dans une chapelle en pleine messe. J'étais sûrement avec ma mère – c'est elle qui me trimballe toujours dans les musées. Je me souviens du garde civil armé et je revois ce coffre de verre blindé dans lequel trônait la toile. *Guernica.* Je me rappelle qu'elle m'avait semblé petite par rapport à ce que j'avais imaginé. Après les explications de ma mère, je m'attendais à une œuvre si gigantesque qu'elle allait m'engloutir ; je pensais que le tableau serait si imposant que je me sentirais minuscule face à lui, et que j'oublierais tout ce qu'il y avait autour, aspirée comme dans un morceau de musique. C'est en effet ce qui se produisit, en dépit de l'accrochage : barricadé dans sa cage de verre, protégé par un flingue et un tricorne glaçants, le tableau était difficilement accessible. Il fallut passer quelques barrières psychiques, mais je finis par plonger dans ce massacre sanguinolent, dans ces torrents de larmes et de souffrance, dans cette injustice et cette impuissance que je faisais miennes. Et ma mère me laissa pleurer, longtemps.

Depuis mon arrivée à Constantine, loin de Madrid, j'apprends. J'apprends beaucoup et vite. Et la salle de spectacle du Centre culturel est mon royaume. Elle n'a rien de particulier : une centaine de fauteuils en tissu rouge, une scène surélevée et noire, un rideau lourd, de petites coulisses à cour avec deux loges. Mais j'y suis l'une des figures de proue. Je suis la seule adolescente du club de théâtre monté et dirigé par Bernard. On dit que j'ai un quelque chose qui ressemble à du talent. Et même si Soledad et Bernard considèrent que jouer la comédie n'est pas un vrai métier, ils sont sensibles à l'intérêt que je porte à la scène, à l'énergie que j'y déploie.

Le groupe théâtre prépare deux pièces pour la fin d'année – *Un mot pour un autre* de Jean Tardieu et *Le Cosmonaute agricole* de René de Obaldia – je joue dans la deuxième. Elle raconte la vie d'un couple de paysans subissant une sécheresse épouvantable : ils voient leur troupeau de vaches dépérir, leurs terres se fissurer, et ne se remettent pas du départ de leur fils, qui a claqué la porte à l'âge de quatre ans. Un jour, un cosmonaute tombe du ciel et atterrit chez eux… Moi, je joue Eulalie, et Zéphyrin, le mari, est interprété par Marteen, un Néerlandais. Il a la trentaine, un accent étrange et une barbe fournie.

Cette farce absurde, délicate et émouvante, me demande d'oublier mes quinze ans, de rouler les « r », et de jouer une scène amoureuse, avec un baiser à la clef. J'ai une trouille bleue de cette scène – heureusement, elle arrive à la fin. Je potasse mon texte tandis que les répétitions de Tardieu vont bon train. Je relis le début. J'ai pris soin de défricher le texte chez moi. Je l'apprivoise doucement. Après une longue tirade d'Eulalie, le dialogue commence :

ZÉPHYRIN (*d'une voix sourde*). Je ne crois plus en rien, Eulalie. En rien. Depuis la déclaration de Galilée, toutes mes convictions ont été anéanties. (*Pleurant presque*) *E pur si muove ! E pur si muove* !

EULALIE. Malheur ! Un homme dans la force de l'âge.

ZÉPHYRIN. Je n'ai plus la force… Je n'ai plus d'âge… *E pur si muove* !

EULALIE. Fais un effort, Zéphyrin. Gendarme-toi ! Si tout le monde se laissait aller…

ZÉPHYRIN. Eh bien ?

EULALIE. Eh bien quoi ?

ZÉPHYRIN. Poursuis : tu laisses ta phrase à vau-l'eau. Si tout le monde se laissait aller ?

EULALIE. Si tout le monde se laissait aller… eh bien, il n'y aurait plus personne.

E pur si muove… Qu'est-ce que cela peut bien signifier ? La pièce ne l'explique pas. À la maison, l'*Encyclopædie Universalis* des parents me donne une réponse : selon la légende, Galilée aurait prononcé, en aparté, la phrase « *E pur si muove* » (« Et pourtant, elle tourne… »), lorsque le tribunal de l'Inquisition le condamna pour hérésie, car il soutenait que la Terre tournait sur elle-même et qu'elle n'était pas le centre de l'Univers, allant à l'encontre des Saintes Écritures et de l'Église. Galilée s'abjura pour éviter le bûcher, mais il ne renonça pas à sa vérité, convaincu qu'elle finirait par triompher. Est-ce vraiment ainsi que cela s'est passé ? Peu m'importe. J'aime cette histoire.

Et pourtant, elle tourne… Cette phrase se glisse en moi comme une sorte de maxime, de sagesse ancienne, comme l'expression d'une fatalité parfois douloureuse, parfois bienfaitrice, toujours inéluctable. Ces quatre mots se fixent dans mon esprit, tel un étendard planté au sommet de l'Everest.

Je sais confusément que rien ni personne ne peut aller contre les faits lorsqu'ils sont avérés… Il faut du temps pour que l'évidence devienne mots, que les mots fassent loi, que la loi devienne reconnaissance.

Je suis seule, assise sur la petite terrasse. Je veux profiter de la chaleur printanière des soirées de Constantine, quand l'air a une densité et un parfum qui vous caressent délicieusement les narines. Bernard s'active dans le salon. Demain, nous rejoignons Soledad et les enfants à Tamanart.

Mon humeur est maussade. Je lance :

— Quelle idée pourrie, cet accent paysan ! On nage en plein cliché.

Je râle et Bernard veut me rassurer. Il interrompt ses allers et venues, et me parle depuis la porte-fenêtre.

— Ton travail paiera, et il sera toujours temps de l'abandonner, cet accent. Pour l'heure, il te vieillit, il assoit ta crédibilité dans ce personnage de mère de famille, pleine de bon sens, inquiète pour son mari…

Sans le regarder, je me promène dans le ciel pâle, je soupire, et essaie de me convaincre.

— Mouais… C'est vrai aussi qu'entre le début et la fin de la répétition, je me suis détendue. Marteen m'impressionne déjà un peu moins.

Bernard attrape le verre d'eau que je m'étais servi, le boit d'un trait et, l'œil rieur, me taquine.

— Sur la fin, tu étais meilleure, c'est vrai. Et puis, la barbe de Marteen doit être très douce, non ?

Je regarde furtivement mon père. Malgré le malaise qui monte, je garde mon calme, tout à l'analyse de mon rôle. Il éclate de rire. J'acquiesce, sans conviction, et respire une bouffée d'air tiède.

Tout va bien.

Demain, ce même air sentira l'iode, les lauriers-roses et le feu de bois. Tout est normal. Mon cœur bat normalement.

Et puis, j'ai noté que, ce soir, il y a *West Side Story* à la télévision. C'est l'un de mes films de chevet. Je me souviens que, le jour où je l'ai vu au cinéma, je me suis délectée de mes pleurs. Je reniflais fort, je plissais les yeux, lovée dans une absolue tristesse. J'essuyais mes larmes un peu, mais pas trop – il faut sentir leurs traces sur le visage.

Ce soir encore, je vais m'offrir une bonne tranche de sanglots, et surtout les chansons et la séquence *America* avec Anita et Bernardo. Exaltation garantie.

Bernard est monté se coucher. Nous avons de la route demain. Je suis enveloppée dans une couverture de laine en patchwork qui me protège de la fraîcheur du salon et je grignote des nèfles, un fruit divin découvert ici. Un peu sucré, un peu acide, une chair douce – une gourmandise.

Tony est venu rejoindre Maria. Ils déclament leur amour. Je commence à sentir mes yeux qui picotent. L'adage dit « Pleurs, tu pisseras moins ». Je ne pisse pas beaucoup. Tony et Maria se regardent intensément. L'immense Tony est légèrement penché sur la jolie Maria : ils joignent leurs mains. Derrière eux, il y a des lumières bleue et rouge sang, comme les vitraux d'une église. Leurs visages se rapprochent, leurs lèvres vont se toucher…

Et crac ! Coup de ciseaux ! Pas de baiser ! Je manque de m'étouffer avec mon fruit. Je me redresse d'un bond sur mes fesses, les jambes croisées, alors que j'étais gentiment allongée sur le côté, tétant le jus de la nèfle, le visage déjà grimaçant d'émotion. Quelle coupe grossière ! Passé l'ahurissement, je me laisse tomber sur le gros oreiller que j'ai rapporté de ma chambre.

Quand, et malgré la couverture remontée sur mes épaules, un vent froid me gifle jusqu'aux os. Absorbée par l'écran, enivrée par la musique, je n'ai rien vu venir.

La bise glacée arrive par sa voix.

Cette voix vient d'un temps que je croyais enterré à jamais. Je sens bien, pourtant, que je suis souvent sur le qui-vive, prête à bondir parfois. Mais je me refuse à y penser. Mes éclairs de panique, je les enfouis aux oubliettes. Cette voix, cette terreur, appartiennent au passé. Je me suis persuadée que des funérailles ont eu lieu et que les morts-vivants n'existent pas. Aussi lorsque ce souffle gelé, d'outre-tombe, saisit tout mon corps, j'entre en tétanie.

Bernard, du haut du second escalier qui mène aux chambres, vient de m'appeler.

— Latzari...

Rien que mon nom résonnant dans la solitude de la grande maison me suffit à comprendre. Je ne réponds rien.

— Latzari...

Un peu plus appuyé, ce Latzari-là, avec une légère pointe de supplique, encore très légère, mais éloquente. Elle finira sans doute par geindre, comme à chaque fois, cette voix d'outre-temps.

Les muscles contractés, les cordes vocales tendues, la mâchoire serrée à l'extrême, je réussis à déglutir une salive que je n'ai plus. Les yeux plantés dans l'écran et avec un ton le plus neutre possible, j'articule :

— Oui ?

Le silence. La maison est un pain de glace qui m'enserre. Surtout ne pas bouger. On ne sait jamais. Si je bouge, je risque de me faire prendre ? Si je ne bouge pas, j'ai une chance, non ?

Quand j'étais petite, la nuit, je prenais soin de ne laisser dépasser de la couverture aucune partie de mon corps. J'étais persuadée que je me protégeais ainsi d'un fou qui, s'il entrait dans ma chambre, couperait à la hache tout ce qui dépassait des draps. Mes cheveux seuls pouvaient rester au-dehors – je m'en fichais pas mal qu'il me coupe des mèches. Les faire rentrer avec ma main me mettait en danger. Cela me prenait d'un coup. Je me ramassais en boule et me préparais au pire. Advienne que pourra. Je soulevais le drap et la couverture, créant une sorte d'arche qui permettait à l'air de rentrer par en-dessous. J'évitais ainsi d'étouffer.

Le silence encore.

Et puis à nouveau cette voix comme un coup de couteau dans mes entrailles.

— Latzari…

Je suis blanche, pâle, grise. J'ai froid, si froid.

— Latzari… Tu ne veux pas venir te coucher ?

Un filet d'air s'insinue dans mes poumons congelés. Une douleur violente me pince le ventre, comme un énorme point de côté. J'entrouvre les narines, prends une respiration supplémentaire, et parviens à dire sur un ton quotidien, banal :

— Pas maintenant, papa. Je voudrais finir mon film, là…

Silence glacial.

— Latzari, je voudrais que tu viennes dormir avec moi…

Je ne veux pas entendre ça.

Cette voix n'existe pas. C'est un cauchemar, un vrai, de ceux que l'on fait les nuits de mauvaise lune. Et un cauchemar s'arrête lorsque l'on est éveillé. Pitié…

J'ai ramassé imperceptiblement mes genoux sur ma poitrine, et croisé mes pieds l'un sur l'autre, les talons calés sur mon entrecuisse. Le point de côté n'est pas passé et respirer devient une torture. Ne pas bouger. Surtout pas.

Il me semble que ma voix sort, chevrotante et quasi inaudible ; pourtant j'y perçois une assurance et un calme que je vais chercher au plus profond de moi-même.

— Je vais finir mon film.

À nouveau le silence. À nouveau je respire à petites goulées.

« Maria, Maria… », fredonne Tony.

Et puis, soudain, un claquement de porte, violent, à en fissurer les murs… À en fissurer l'âme.

Trop tard, l'âme est fissurée depuis longtemps.

Seulement, en cette nuit du printemps 1986, la blessure se lézarde jusqu'à atteindre ma conscience, et s'y ancrer.

Au petit matin, Bernard chante fort dans sa chambre. Il a déposé pour moi un bol de corn flakes sur la table de la salle à manger. Il me demande en criant si j'ai bien pensé à prendre mes affaires et mes devoirs, surtout ma flûte – notre ami Henri sera à Tamanart pour me donner un cours.

J'ai dormi. Je me suis réveillée avec une boule sèche dans le cœur. Habituellement, c'est mon ventre qui parle. Là, je ne sens qu'un caillou dans ma poitrine.

Et puis Bernard apparaît dans un nuage parfumé d'eau de toilette, le crâne humide, un grand sourire aux lèvres. Il m'embrasse sur le front.

— Allez, dépêche-toi un peu.

Le caillou tombe au fond de mon estomac.

Une gorgée de lait.

Désintégration de la pierre.

J'appuie sur la touche *play* de mon Walkman et écoute une nouvelle compilation que m'a donnée Fabrice après ma boum. Il a fait un mélange étonnant : « Primitif » de Richard Gotainer (que je connais par cœur), « Nuit sauvage » des Avions, « Looking for Clues » de Robert Palmer et « Against All Odds » de Phil Collins, que je me passe en boucle pour pleurer longtemps... (Il faut que je pense à demander à Fabrice de m'enregistrer une cassette entière avec cette chanson, histoire d'éviter de rembobiner à chaque fois !) Suivent « Tainted Love » de Soft Cell et « Dreamer » de Supertramp, dont j'augmente le volume en quittant la ville, jusqu'à m'en faire éclater les tympans.

Tamanart s'est éveillé sans nous.

J'imagine Soledad, partie à l'aube faire son yoga sur la plage. Je vois le fou déambuler dès les premiers rayons du soleil, Julie en train de courir sous les arbres, tandis que mon frère et mes sœurs sont endormis dans leurs sacs de couchage.

Envie de pleurer.

Je monte le son.

Allongée à l'arrière, je distingue le cou de Bernard, ses petits cheveux plaqués sur sa chair moite, certains légèrement décollés, comme du duvet d'oisillon. Il me dégoûte. Il chante encore. J'aimerais lui arracher la langue. Je ferme les yeux, fort, comme pour effacer mes pensées. Depuis une dizaine de kilomètres, j'ai envie d'aller aux toilettes, mais je ne veux pas lui parler. Je ne veux même pas entendre le son de ma voix.

La vessie gonflée, je repense à notre dernière messe.

Nous avons l'habitude de nous rendre tous les vendredis à la paroisse du Bon Pasteur, vêtus de nos habits du dimanche. C'est une tradition familiale, à laquelle personne n'oserait déroger. Au sein de la communauté, Bernard et Soledad détonnent un peu. Ils représentent le couple catholique de gauche par excellence. Tous deux piochent dans les valeurs humanistes propres au dogme catholique, mais aussi aux idéaux socialistes – je les revois encore se jeter dans les bras l'un de l'autre en 1981, à l'élection de François Mitterrand. Nos parents nous offrent ainsi une vision de la vie solidaire, tolérante, mais également morale à bien des égards. Nous avons l'ouverture gauchiste, mêlée à des valeurs affichées de bienséance et d'humilité qui placent chaque individu dans un grand tout qui le dépasse.

Depuis mon plus jeune âge, j'aime entrer dans les églises, mais je rechigne à assister, passive, au prêchi-prêcha ecclésiastique. Sauf à Madrid. Le prêtre de notre paroisse avait eu l'idée d'instaurer une messe spéciale pour les enfants, une demi-heure avant la messe classique. On y chantait beaucoup ; on y applaudissait les paroles de Dieu, du Christ et de ses apôtres ; on avait le droit d'intervenir, d'exploser de joie ou de manifester notre incompréhension. La liberté, la simplicité, attiraient ceux qui bâillaient au sacro-saint office. De fait, aucun adulte n'avait l'autorisation de s'asseoir, tous les bancs étaient réservés aux enfants et aux adolescents. Si bien que les adultes qui accompagnaient leur progéniture (et les autres) se retrouvaient massés au fond de l'église, debout. J'aimais les voir, eux levés et moi assise. J'aimais me savoir prioritaire. Pour une fois, j'avais le meilleur morceau, la meilleure place.

Si le Christ est joie et partage, seuls les Noirs et leur gospel l'ont compris : voilà ce que je me répète depuis toujours durant ces interminables messes, où le seul moment agréable est de chanter : « Les mains ouvertes devant toi, Seigneur / Pour t'offrir le mooon-de / Les mains ouvertes devant toi, Seigneur / Notre joie est profooon-de... » Je souris tandis que j'entonne les couplets, mais l'assemblée est d'un sérieux et d'une mollesse tels que l'on se demande bien où va se loger la joie profonde – très profondément, visiblement. Tous ont les bras tendus, les paumes des mains tournées vers le plafond. La messe m'ennuie, mais la prière est délicieuse. Cette position d'ouverture provoque chez moi un frisson voluptueux. Je me donne au Seigneur. Je ferme les yeux et me laisse traverser par l'instant, comme dans une connexion céleste. Et c'est dans le même état d'exaltation que je récite le « Notre Père ».

Allongée sur ma banquette, les écouteurs sur les oreilles, me revient mon ancien et obscur désir d'être nonne, ma crise mystique. J'avais neuf, dix ans, et je voulais voir le Christ ou, mieux, la Sainte Vierge. De toute mon âme. Je voulais que la puissance divine me soulève de la terre et m'éclaire de sa lumière. Je voulais être comme nulle autre, choisie. Je me disais que de voir la Vierge Marie me remplirait d'une paix éternelle, et que plus aucune souffrance ne m'atteindrait jamais. J'ai d'abord rêvé d'être Bernadette Soubirous – elle avait une chance folle, cette fille, dans sa grotte. Puis mes parents nous ont emmenés à Avila, pour visiter le couvent de Sainte-Thérèse. Et là, j'ai rêvé d'être sainte Thérèse d'Avila – elle avait une sacrée veine, cette femme, dans sa cellule.

Durant l'office, Bernard se tient légèrement à l'écart, au premier rang, derrière son pupitre : il dirige la chorale. Les yeux clos, il accompagne les fidèles dans le recueillement.

Je le regarde encore, les mains sur le volant, comme à la messe, envahir tout l'habitacle de sa voix de ténor, de son haleine répugnante. Mon esprit divague. Je l'attrape par son cou de poulet et je lui plaque le crâne sur l'autel. Le prêtre approche la longue lame, tranche, puis lui vide les orbites.

Je frissonne.

Je me dégoûte.

Il chante encore. Il a un grain de beauté au bas de la nuque. Il en a plein, des grains de beauté, des morceaux de chair un peu rouges, un peu beiges, un peu marron, un peu noirs, qu'il tripote machinalement, les yeux dans le vague. Je serre les dents. Je lui passerais bien tous ces grains à la lame de rasoir. Il saignerait alors de toute sa peau flasque. Soudain, Richard Gotainer vient à ma rescousse avec « Le Mambo du décalco ». Tout s'efface.

La vessie de plus en plus tendue, je retourne à la messe de la semaine dernière, qui s'achève enfin. Comme tous les vendredis midi, la messe enfin s'achève ! Les petites ont envie d'aller aux toilettes – elles se tortillent, Lili a la main entre les cuisses, Marie danse d'un pied sur l'autre. Je les attrape toutes les deux et les entraîne, hurlantes, à l'arrière du presbytère. Les semelles de nos chaussures cirées soulèvent la poussière de terre battue.

Devant les toilettes, il y a une file d'attente. Il faut patienter. Les petites se retiennent de leur mieux, jusqu'à ce que la porte s'ouvre miraculeusement. L'endroit est exigu, sombre et frais. Il ne sent pas trop mauvais – nous nous y engouffrons. En refermant la porte, j'explique :

— La cuvette est sale, il ne faut pas s'asseoir. Je vais vous aider à monter sur les rebords et à vous tenir accroupies, d'accord ?

Lili ira la première. Je lui fais retirer sa culotte, pour que ce soit plus facile, et la soulève pour qu'elle se positionne correctement sur la cuvette. Oui mais voilà... Elle bascule son bassin en avant, si bien que le pipi se met à jaillir en un geyser chaud, dru, dirigé contre la porte. Marie et moi, nous n'avons que le temps de nous plaquer contre les murs pour ne pas être aspergées. Une plainte effarée sort de nos bouches :

— Lili ! Recule tes fesses, nom de Dieu !

Lili essaie de rétablir le tir, arrosant la cuvette au passage. Je me relève et constate qu'il n'y a pas de papier toilette. On est vernies !

— Pardon..., murmure Lili.

— C'est pas grave, Lili. C'est n'importe quoi, mais c'est pas grave du tout...

Et les gens qui s'impatientent dehors, et Marie qui n'en peut plus. Heureusement, j'ai un gilet pour essuyer le rebord de la cuvette – il ne manquerait plus que Marie glisse à l'intérieur. Le cauchemar ! Je lui demande de faire attention.

— Tu es plus grande, tu sais.

Marie monte. Et là... Son jet est plus puissant encore. Elle a la très mauvaise idée de bouger les fesses : nous n'avons que le temps de nous jeter au sol, à plat ventre, le visage protégé de nos bras. Les gens, à l'extérieur, nous entendent pousser des cris stridents :

— Non… mais non ! Marie ! C'est pas vrai !

À la sortie, nous apparaissons la tête basse. Nous passons, penaudes, devant les personnes de la queue, ahuries. Je n'ai même pas pris la peine de rincer les filles au lavabo – il n'y avait sans doute pas d'eau, de toute façon. Dans ma main droite, je tiens fermement le gilet imbibé d'urine, roulé en boule. Nous regagnons la voiture à toute allure. Il faut nous y voir, tous entassés à l'arrière, avec Alexandre contre la portière qui cherche à éviter tout contact avec moi, le visage presque incrusté dans la portière. Bernard maugrée :

— Ah là là !… Et quand je dis, ah là là, c'est bien ah là là que j'veux dire !

Il veut être drôle mais je vois bien qu'il est furieux. Soledad, elle, jette quelques regards furtifs vers ses trois souillonnes, amusée.

Nous revoir toutes douchées d'urine, toutes piteuses, me donne le sourire. L'espace d'un instant, ma vessie et Bernard disparaissent dans un éclat de rire intérieur. Elle restera dans les annales, cette bêtise !

Je tourne mon visage vers le conducteur et, subitement, je n'ai plus envie de rire. Je réalise qu'après cet épisode, à notre arrivée à la maison, un signal étrange aurait pu, aurait dû m'alerter. Le monstre ne s'est jamais volatilisé et je n'ai rien voulu voir.

Sans perdre une seconde, nous filons nous laver dans la grande salle de bains bleu pastel, carrelée de mosaïques, où trône une immense baignoire sans rideau. On peut s'y doucher debout sans éclabousser le sol. Sorties de l'eau alors que je me savonne encore, les petites se sèchent les cheveux avec une serviette rêche. J'entends Soledad crier depuis le rez-de-chaussée : « Et Bernard ? Il est où, Bernard ? »

Bernard se tient dans l'embrasure de la porte de la salle de bains, ni dedans ni dehors, sur la ligne de démarcation qui sépare l'ombre de la lumière. Il m'observe. Mais depuis combien de temps ?

Marie sort la tête de sa serviette, secoue sa chevelure noire et dégage quelques mèches mouillées de son visage.

Elle le voit, elle perçoit son regard aimanté par la baignoire, subjugué par mon corps enveloppé de vapeur, nappé de savon et d'eau douce. La voilà qui plaque sa serviette contre elle, s'approche de la porte, presque au ralenti, et la referme devant lui. Comme si cette petite savait déjà tout, sans rien savoir du tout.

Toute seule sur ma banquette, je détaille le plafond de la voiture – il y a quelques griffures, quelques taches ovales. La nausée monte. Les haut-le-cœur, je vis avec. Dans mes écouteurs, « Owner of a Lonely Heart » de Yes. Je frappe des pieds sur le toit de la voiture, bras en l'air, jambes quasi tendues.

Je tape encore et encore.

Pas question de lui demander de s'arrêter.

Pas question de lui parler.

Je tiendrai jusqu'au bout.

Nous avons rendez-vous à l'hôpital. Il m'accompagne.

Ces cystites à répétition ne sont pas normales : on va me faire passer une radio.

La veille, j'ai dû avaler un liquide épais et blanc. À chaque gorgée, je manquais vomir. Et il se fâchait. Il fallait déglutir et se montrer courageuse. L'impression d'ingurgiter du plâtre, de noyer mon gosier dans une bétonnière.

Il me tient par la main au moment d'entrer dans la petite pièce. Je dois me déshabiller entièrement. De face, debout, bien droite contre la grande plaque, il faut que j'urine. Devant tout le monde. Je n'ai pas fait pipi depuis la veille au soir.

J'ai mal au ventre. Il me regarde. Il voit tout. Tout au travers de moi : le liquide a tapissé mes entrailles, il illumine mes boyaux. Mes talons, mes fesses, mes bras, mon dos, mes omoplates, l'arrière de mon crâne sont aimantés au mur froid.

Tout mon corps exposé aux quatre vents, il s'en délecte.

Personne ne le sait, personne ne le sent, sauf moi.

J'ai huit ans.

La semaine débute avec le cours de mathématiques. M. Parrière, notre professeur, porte une de ses chemises à fleurs. Avec ses cheveux mi-longs, il ressemble à s'y méprendre à Antoine. Comme lorsqu'il danse le rock, il fait virevolter sa craie sur le tableau, dans un mouvement ample et gracieux. Durant sa classe, les élèves sont détendus, concentrés. Pour ma part, je n'aime pas les maths et choisis toujours une place près de la fenêtre, histoire de m'échapper. Plutôt que d'écouter ce qu'il dit, je me contente du spectacle.

En plein cours, on frappe à la porte. Le directeur de l'école, M. Moulard, se présente à nous, avec sa barbe poivre et sel et ses petits yeux curieux. Il est suivi d'un garçon blond : le copain de Julien qui était venu à ma boum. Je remarque ses cheveux en pétard – on dirait le Petit Prince.

Gabriel vient d'entrer dans notre classe.

M. Moulard explique qu'il sera avec nous jusqu'à la fin de l'année et qu'il compte sur les élèves pour l'accueillir comme il se doit. M. Parrière lui souhaite la bienvenue et l'invite à s'asseoir à côté de Julien. Moi, je le scanne de haut en bas, et me penche vers Béatrice pour lui chuchoter :

— La vache ! Quand je pense qu'à cause de l'Amerloque, je suis complètement passée à côté de lui, à ma boum…

La joue collée à la table, Béatrice lève les yeux au ciel.

— Non mais, Latza… C'est pas vrai ! T'es pas possible !

— Qu'est-ce que tu crois ? On s'est souri l'autre jour. Écoute-moi bien, ma vieille. Ce gars-là, je te le promets… Tu m'écoutes, Béa ?

— Mais oui ! Je fais que ça !

— La providence… Ce gars-là, il est pour moi. Je vais sortir avec lui. Oui, je le jure devant Dieu – Il a intérêt à m'écouter, cette fois !

— T'es dingue, Latza, je t'adore.

— Gabriel… L'ange Gabriel – si Dieu n'a rien à voir là-dedans, je veux bien devenir bonne sœur ! Sérieusement !

Gabriel n'a regardé personne, il a juste salué son voisin, l'air tranquille. Le cours dure encore dix minutes, et la cloche sonne enfin. Je vais tenter de le saluer. Pas simple, les jumeaux l'entourent déjà, ils rient très fort, et tous les garçons s'agglutinent derrière eux. Je descends les marches, en traînant des pieds. Il faut réfléchir, penser stratégie – ne pas participer à l'attroupement, ne pas montrer tout de suite trop d'intérêt.

J'ai l'idée d'alpaguer M. Parrière et de discuter avec lui, de manière à ce que les autres, et surtout Gabriel, puissent me voir. Ce week-end, exceptionnellement, pas de Tamanart : à la place, un grand pique-nique est organisé dans une forêt, près de Constantine. Je pourrais demander à notre prof s'il y sera ? Je trouverai bien quelque chose à lui dire, de toute façon. Le but est de garder une forme de réserve, de montrer à Gabriel que je me sens à l'aise avec les adultes et que je suis incontournable, au titre du comité des fêtes.

En plein milieu de la cour, j'arrête donc M. Parrière.

— Avez-vous remarqué mes progrès en rock ? Vous avez pensé quoi de moi, à la fête ? Je danse de mieux en mieux, non ?

J'enchaîne les questions, tout en jetant des regards aux alentours, un œil sur l'ange. Mon professeur n'a aucune envie de parler week-end, farniente, et rock'n'roll :

— Latzari, il serait grand temps que tu mettes autant d'enthousiasme dans les mathématiques que dans la danse !

Le piège.

J'aperçois alors Olivia, qui vient se joindre à l'attroupement. Oh non ! Cette fois-ci, pas question de me faire doubler. Alors que M. Parrière est en pleine démonstration – « remonter ta moyenne serait une preuve de maturité », « t'y consacrer te fera le plus grand bien », « travailler est un gage de liberté », et bla bla bla –, je le plante d'un « salut ! » et fonce droit sur Olivia. Postée devant elle, le visage tout près du sien, les poils dressés comme un chat prêt à l'attaque, je lance :

— Olivia, je te préviens, celui-là, tu ne t'en approches pas… C'est clair ?!

— N'importe quoi ! T'es vraiment pas bien, ma pauvre fille !

La réponse d'Olivia meurt dans la confusion qui règne devant le collège. Comme chaque jour, la route en lacet accueille le long chapelet de jeunes hommes qui regardent sortir les collégiennes. Mais aujourd'hui, il y a quelque chose de différent dans l'air. Plus tendu, plus électrique. D'un coup, on entend des cris, on voit une bousculade, des sacs qui volent.

Des hommes sont arrivés de nulle part.

Ils sont dix ou douze, vêtus de djellabas, portant la barbe. Des militants islamistes.

Les voilà qui fondent sur les voyeurs impies : devant nos yeux éberlués, ils les attrapent violemment par leur veste, leur blouson, leur pull, leur tee-shirt. Cette violence crée un mouvement de panique chez les parents et les professeurs. Je me retrouve au beau milieu de la cohue, pétrifiée par ces hommes qui vocifèrent et se battent à quelques dizaines de mètres de moi.

Je ne comprends pas bien : tous les jours, je souhaite que les jeunes disparaissent pour ne plus sentir leur regard sur mes cheveux, sur mes vêtements, sur ma peau. Alors pourquoi, là, maintenant, je me sens choquée que ces barbus s'en prennent à eux ? Pourquoi je ne me sens pas protégée, bien au contraire ? On ne pourrait pas nous laisser tranquilles, tout simplement ? Sachant que, de toute façon, les garçons reviendront demain, et après-demain et après-après-demain, jusqu'à la prochaine descente. Les filles le savent bien : ils ressurgiront, inlassablement.

Je reste là, immobile. Le regard de Gabriel – qui dépasse tout le monde d'une tête – me sort de mon hébétude. Je me mets à chercher mon frère. Il est là, juste à côté de moi. Je l'attrape par le bras et l'entraîne hors du tumulte. Gabriel me fait signe de le retrouver sur le trottoir d'en face. Un trac épouvantable me saisit. Julien, Pawel et Marek nous rejoignent et me proposent de nous accompagner un bout de chemin. C'est plus sûr.

Notre petite bande se met en route – j'ai des papillons dans le ventre et l'excitation à fleur de peau. L'occasion est trop belle. Oser, il faut oser. Le ridicule ne tue pas, c'est ce que je me dis toujours. Et si ce qui ne tue pas nous rend plus forts, alors le ridicule nous rend plus forts. Logique ! Je prends une grande bouffée d'air, éloigne les images épouvantables qui m'assaillent : ma dégaine de basketteuse, cette démarche un peu souple et bondissante qui m'a déjà valu des moqueries de la part de Soledad et de Bernard, mes cheveux emmêlés, mes oreilles un peu décollées – surtout la droite qui me gratifia, en primaire, du surnom de *Dark Crystal*, ce film où les personnages ont des cheveux longs plaqués qui laissent dépasser leurs oreilles pointues…

Je convoque toute ma joie, tout mon culot, et je demande :

— Comment ça se fait que tu débarques si tard dans l'année pour quelques semaines ici ? Et puis, tu arrives d'où, comme ça ?

— Mon père vient d'être appelé sur un chantier, à Constantine. On était à Marseille avant. C'est un boulot qu'il ne pouvait pas refuser.

— Pas trop dur de quitter Marseille ? De quitter ses amis d'un coup, presque en fin d'année… Pas évident, non ? Et puis Marseille, c'est plus chouette qu'ici, c'est sûr ! Enfin, attention, j'adore ici ! Mais il y a tellement de choses qui me manquent : le cinéma, les fringues, les magazines… Et, à la fois, je dis ça, j'exagère. On ne manque de rien à Constantine. Au Centre culturel, il y a des tas d'activités, et puis on se connaît tous. On fait des fêtes tout le temps…

Gabriel essaie de m'interrompre, mais le flot est continu. Il réussit quand même à glisser quelques mots :

— Je compte pas rester longtemps. Le bahut, c'est pas mon truc. Je suis seul avec mon père et je ne vais pas traîner longtemps en Algérie…

J'enchaîne sans l'écouter.

— Ici, ce qui est génial, tu verras, c'est Tamanart. On s'y retrouve presque tous les week-ends. T'en as entendu parler ? Tu viendras…

La bande avance à grands pas. Gabriel et moi finissons par nous détacher des autres, restés à l'arrière, amusés de me voir si volubile. Sans bruit, Julien et Alexandre commencent à mimer mes gestes des bras et des mains, amplifient mes mouvements de tête, moqueurs. Pawel lance :

— Tu veux un verre d'eau, Latza ?

Et Marek d'enchaîner, goguenard :

— Respire, Latza, respire !

Je me retourne brutalement, Julien et Alexandre s'arrêtent net, comme si nous jouions à « Un, deux, trois, soleil ». Figés telles des statues, prêts à exploser de rire, ils réussissent à garder un semblant de sérieux.

— Oh ça va, les lourdingues !

Je reprends sur ma lancée, tandis que Gabriel jette un œil furtif sur la bande de rigolos. Il semble ravi d'être si vite adopté. Alexandre pose son index sur la bouche, en un geste complice.

Je continue de parler, parler, parler, lui explique les boums, lui décris les pique-niques, m'extasie sur les spectacles. J'en profite pour lui conseiller de venir à la représentation théâtrale du club de théâtre, fin juin – j'y joue. Je sens parfaitement l'agitation dans mon dos. Qu'est-ce qu'ils croient ? Je sais très bien que ces pitres s'en donnent à cœur joie. Face à leurs grimaces, à leurs gesticulations de *commedia dell'arte*, ma colère éclate :

— Oh, c'est bon ! Vous êtes de vrais gosses ! Non mais, franchement… vous êtes vraiment lourds ! (puis, m'adressant à Gabriel) Lourds ! Lourds ! Lourds !

Je repars de plus belle, Alexandre se marre gentiment. Idiot, le frangin.

Julien, Pawel et Marek entonnent alors une chanson qu'ils ont mise au point sur l'air de « Oh ! Darling » des Beatles.

— Oh oh Latza-aa / C'est pas la joie… / Mais Latza-aaa / On est fou-ous, de toi-aa ! / Latz-aa, sacré nana-aa / Latza-aa, vraiment crois-moi-aa / Latza-aa, quand je te vois, je fon-on-onds…

Ce refrain a le don de me mettre les nerfs en pelote. Les doigts enfoncés dans les oreilles, je hurle et m'enfuis à toutes jambes. Les garçons explosent de rire et me poursuivent en criant les paroles encore plus fort.

C'est ainsi que Gabriel aura fait sa première grande traversée de Constantine en courant, sautant, traversant des arcades, filant dans des ruelles, sous des porches. Nous avons quinze ans, lui seize ; nous sommes des personnages de feu, une boule d'énergie qui semble tout emporter sur son passage. Moi, la reine volante, et mes chevaliers tourbillonnants fendons la ville de notre liberté explosive. La ville, devenue floue, ne nous impressionne guère. Elle est à nous.

De faux cache-cache en faux chat perché, ces faufilages nous conduisent jusqu'à l'école primaire Léon Bourgeois où je dois chercher les petites. Là, chacun reprend son chemin pour rentrer chez lui. Sauf Gabriel. Personne ne l'attend. Il m'accompagne jusqu'au bout.

Il a l'air de se sentir bien avec moi.

Fabrice attend avec ses élèves, à l'entrée de la cour, devant le portail. Il salue les parents, les nounous, les enfants. Je le présente à Gabriel, enchanté. Je jubile.

Nous reprenons notre chemin et Gabriel propose à Lili de monter sur ses épaules. Un dieu.

Puis, tout naturellement, il nous laisse devant la maison et me glisse, en tournant les talons :

— Tu es une drôle de fille, Latzari. Je l'avais remarqué à ta boum, déjà. Rien qu'à ta façon de danser !

Joie.

J'aimerais qu'il me trouve belle.

S'il est resté, c'est que je dois l'être un peu.

Marie veut me montrer son cahier d'éveil, Alexandre déballe une nouvelle blague, summum d'absurde :

— C'est quoi la différence entre un pigeon ? Il a les deux pattes de la même longueur… Surtout la gauche !

Mais je ne veux rien entendre, rien regarder. Je fonce m'enfermer dans ma chambre et me précipite à la fenêtre pour le regarder s'éloigner.

Je veux être amoureuse. Je ne veux penser qu'à lui.

Vivement Tamanart ! Il viendra, et la vie sera merveilleuse.

Vendredi. Les pique-niques dans la pinède, non loin de Constantine, sont des moments heureux. Les familles se retrouvent ; leurs enfants s'échappent dans les arbres, construisent des cabanes, inventent des histoires. Les adultes s'allongent sur les tissus posés au sol, mangent, boivent, somnolent dans la douceur du sous-bois.

Bella saute du coffre de la voiture, contente de cavaler dans la nature. Elle fonce à droite, puis à droite encore, s'arrête aussi sec pour repartir de plus belle, tel un lévrier en pleine course. Elle passe de jambes en jambes, tandis que les familles sortent peu à peu de leurs véhicules. Langue pendante, babines mouillées, elle sautille et s'impatiente.

Chacun retrouve ses copains, copines, amis, amies. Seules Soledad, Lili et moi restons à la voiture pour en sortir les paniers, les nappes, les ballons, les parasols, les glacières. Julie nous rejoint. La pétanque va bientôt débuter. Bernard accourt pour arbitrer.

Il ne m'intéresse pas.

Bientôt, les femmes ont disposé sur des nappes les délices de leur confection. Des sandwichs aux œufs, olives, tomates, ail, carottes et huile d'olive côtoient la salade de pommes de terre aux cornichons, les radis roses et leur mayonnaise légère, le poulet grillé et les concombres râpés au yaourt et à la menthe. On sort le rosé frais, l'eau parfumée au zeste de citron. Les victuailles sont réparties sur un immense patchwork de tissus de toutes les couleurs, à fleurs, à rayures, à pois, transformant l'orée de la forêt en un merveilleux tapis volant où tous s'étalent, mangent, parlent, chantent.

Passé les plats salés, on savoure les salades de fruits, les gâteaux à la fleur d'oranger, le riz au lait aux agrumes, les amandes et les raisins secs, les sablés à la cannelle… Les enfants vont, viennent, picorent. Libres. Une fois que les Thermos de café et de lait tiède bien sucré sont passées de main en main, une fois évanouies les dernières volutes de fumée, chacun se laisse bercer par les notes de guitare qui, rituellement, s'égrènent l'après-midi entier.

Moi, je suis agacée.

Je n'ai aucune envie d'être là. On ne devrait pas rater une seule occasion d'aller à Tamanart.

J'ai appris ce matin que Bernard attend sa prochaine nomination.

Nous allons bientôt quitter l'Algérie. Or, des forêts comme celle-ci, il en existe dans tous les endroits du monde, quand Tamanart est unique et laissera un trou bleu dans nos cœurs. Je suis agacée parce qu'il n'y a plus que Gabriel qui m'intéresse. Je veux le voir, ne serait-ce que de loin ; je veux qu'il me voie, même en coin. Et il n'est pas là. Il faut que je m'éloigne de toute cette bande d'adultes détendus, guillerets, gentils. Odieux ! J'emmène les enfants jouer.

Soledad n'aime pas la sieste. La forêt est pour elle une source intarissable d'inspiration, un puits sans fond de poésie. Sur tous les chemins, Soledad dégote des trésors : une branche à la forme évocatrice, boursouflée ou noueuse, avec des dégradés de bruns étonnants, un gros champignon fossilisé sur une écorce, des pierres recouvertes d'une mousse vert-de-gris, ou blanche, des plumes tombées du nid, des petites feuilles dentelées, des longues grignotées, trouées par des insectes…

Aujourd'hui, partie cueillir des fougères, elle s'engouffre dans l'épaisseur des sous-bois et se laisse caresser par la marée verte, chatouilleuse. Les cris des enfants lui parviennent au loin, depuis la clairière où ils se retrouvent, loin des adultes et de leurs interdictions. J'y organise chaque fois de grands jeux, comme l'épervier ou la balle au prisonnier. Avec l'orage de la veille, l'endroit s'est transformé en une immense esplanade boueuse. Nous y avons entrepris une partie de rugby devenue, en moins de temps qu'il n'en faut pour le dire, une bataille rangée entre équipes adverses, à base de terre argileuse. Nos corps en sont entièrement recouverts, nos visages enduits. Nous voilà changés en petits diables hystériques, les yeux et les dents éclatants de blancheur, qui se jettent dans la glaise, glissant sur plusieurs mètres comme sur une patinoire. De loin, on ne distingue plus très bien qui est qui – même nos voix sont méconnaissables tant nos cris, nos rires fous, nous ont métamorphosés en furieuses créatures sauvages.

Tandis qu'elle déambule, amassant de quoi garnir son bouquet, Soledad parvient peu à peu aux abords de la clairière et, à la vue de ce spectacle, se fige. Elle en lâcherait presque son bouquet. Elle s'y accroche pourtant, abasourdie, incapable de savoir ce qu'elle ressent : un mélange d'effroi et de fascination. Dans ce gigantesque tableau vivant, les enfants ne font qu'un avec une nature sombre, gluante, effrayante. Moi, Latzari, je hurle, je rugis, je beugle, j'emporte sous mes bras déployés les plus petits qui me suivent en une nuée tapageuse. Rien ni personne ne peut nous attraper ou nous domestiquer.

Le bouquet de fougères frémit dans l'air de longues minutes avant que Soledad se décide enfin à repartir, éberluée. Quand elle arrive auprès de ses amis avec son immense bouquet, elle fait l'admiration de tous.

— Tu es incroyable, Soledad…

— Tu fais toujours des trouvailles magnifiques…

— Il n'y a que toi pour avoir des idées pareilles !

Bernard est en train de raconter une de ses blagues cochonnes qu'elle déteste tant. Lui, il adore ça, raconter des blagues salaces. Bernard est un lecteur assidu d'*Hara-Kiri* et de *Fluide glacial*. Il y puise son inspiration grivoise. Soledad ne le supporte pas, et ça se voit. Dans ces moments-là, je remarque instantanément la crispation de sa mâchoire, sa respiration qui se bloque. Son dégoût devient le nôtre, à toutes les deux. J'imagine que ma mère a des envies de meurtre, comme moi, qu'elle purge de son cerveau à l'aide d'une puissante giclée de honte, immédiatement suivie d'un splendide geyser de déni.

— Quelle différence y a-t-il entre des cacahuètes et un clitoris ? Hein ? Ben, il n'y en a pas : ce sont des amuse-gueules !

Les gens rient tellement, ils ont l'air d'aimer ça. Bernard ne s'arrête pas là, il en a une autre, une mignonne, mignonnette comme tout. Dans l'hilarité générale, personne ne voit arriver les petits monstres tout crottés. Et lorsque l'un d'entre eux constate notre présence, on ne rigole plus. Mais alors plus du tout.

Soledad observe Bernard qui se lève, estomaqué.

— Mais qu'est-ce que c'est ça que ça ? Ça va pas, non ?! Vous êtes devenus marteaux ?

Il appelle ses quatre enfants et leur demande de le suivre. À la queue leu leu, nous nous éloignons bientôt dans les fourrés, derrière notre père, inquiets. Soledad n'est pas venue : pour les questions de discipline, elle laisse Bernard à la manœuvre. Quand la colère le prend, mieux vaut se tenir à l'écart. De toute façon, il n'est pas injuste, Bernard. « Il sévit comme il se doit. »

Une fois loin des autres parents, Bernard nous place en rang face à lui. Et bien entendu, il s'en prend à moi. Je suis l'aînée, je suis responsable.

— Est-ce que tu te rends compte ?! Comment on va faire, maintenant, pour la voiture ? Il va falloir trouver de l'eau quelque part. Non mais c'est fou ! Tu réfléchis un peu ?! Allez, tes mains…

J'ai connu l'époque des roustes. Ce n'était pas si inhabituel, Bernard avait la main leste. Lorsque venait l'heure de la raclée, on veillait toutefois à ce que celle-ci atterrisse sur les fesses. Moins douloureuse, elle était aussi moins violente, pensaient nos parents. Mais la bonne gifle, qui fait voleter la chevelure et écrase la tendre joue, je m'en souviens aussi.

Soledad, elle, n'est pas une adepte de la fessée. En revanche, elle a sa petite méthode que nous avons tous en horreur. Elle nous demande de présenter une main devant elle, paume vers le sol, et la claque vigoureusement. Ça pique un peu, mais surtout ça écorne l'amour-propre. D'autant qu'il faut accomplir le geste pour subir la punition. Je tends souvent ma main avec quelques soubresauts nerveux, remplis d'appréhension, parfois avec une sorte de rire grotesque, qui ne fait qu'accroître son exaspération de mère qui désire passer à autre chose. Soledad déteste sévir.

Elle a mis au point une variante, plus humiliante, qui fait monter la sourde rage que je contiens au fond de moi. Elle demande notre main, comme d'habitude, roule une revue ou un journal, et nous frappe avec. Cette méthode, elle l'applique avec la chienne : elle a entendu un jour qu'il ne fallait pas punir l'animal de la main qui le caresse, mais avec un bâton ou un autre ustensile similaire. Aussi, quand Soledad nous corrige avec un journal, je considère qu'elle me rabaisse au niveau d'un animal domestique. Ça ne pique pas un peu, ça fait un mal de chien !

Apparemment, aujourd'hui, dans les bois, Bernard a choisi d'appliquer la méthode de Soledad – il y a du monde autour, il faut être discret. Et sous les arbres majestueux, nous tendons tous notre main devant lui, paume vers le bas. Il commence par Lili : petite tape symbolique. Marie : petite tape symbolique. Alexandre, deux petites tapes, un peu plus fortes – il a grandi. Vient mon tour.

— Tends ta main. L'autre aussi.

Et il tape deux fois, très fort, sur chacune.

Personne ne bronche. Alexandre et les petites gardent la tête baissée. Pas moi.

Bernard a la main pleine de terre, maintenant. Je ricane intérieurement.

— Et tu nettoieras la voiture. Un point, c'est tout.

La sentence est tombée. Bernard s'en va en grognant :

— Et moi qui suis vidé, en plus… Pile le jour où je suis allé donner mon sang ! C'est pas avec vos conneries que je vais pouvoir me reposer !

Durant tout le trajet du retour, je le fixe, les yeux plantés sur son profil dégoûtant. Et je l'imagine en train de donner son sang. Il m'a frappée, ce gros dégueulasse.

Je le hais.

Il donne son sang tout pourri. Je le vois bien en train de se faire pomper pour la bonne cause, assis sur son siège, une aiguille plantée dans le bras, le tube rougeoyant. Et plus la poche se remplit, plus il se sent rempli de lui-même, gonflé de fierté et du sentiment du devoir accompli. Insupportable. J'ai envie de hurler à en éclater les vitres de la voiture.

Mes yeux s'arrêtent à la commissure de sa bouche molle.

L'autre soir, tu as essayé de m'emmener dans ton lit. Je ne vais pas te laisser m'attraper.

Je suis une guerrière.

J'ai la nausée. Mieux vaut que je regarde un peu par la fenêtre.

Depuis Madrid, je n'y pensais plus, je pensais être sauvée. Mais l'ogre est de retour et je vis en apnée. J'ai douze ans de nouveau.

Cette nuit-là, il fait très, trop noir. Je n'aime pas le noir complet. Dans le noir, je me cogne et j'ai mal. Je suis en plein sommeil quand la porte s'entrebâille, laissant entrer un halo de lumière. Je me tourne péniblement, réveillée par le bruit. J'entrouvre les yeux, il est là. Une ombre postée en pleine lumière.

Mon cœur se serre.

Il pousse la porte, pas complètement. Il s'assoit au pied de mon lit, sur le matelas.

Je recroqueville mes jambes sous moi. Je vais y passer.

Il se met à me parler, d'une voix chuchotée :

— Viens, suis-moi…

Je ne réponds pas.

— Allez… Allez… Allez… Suis-moi.

Il approche petit à petit de moi, avec sa main en avant qu'il glisse sur la couverture :

— Allez… Tu vas venir avec moi…

Je me ratatine chaque fois un peu plus, jusqu'à fusionner avec la tête du lit. Dans un souffle à peine audible, j'arrive à articuler péniblement un petit « non ».

— Viens, je te dis… Allez !

Et là, avec toute la force de mon petit être tremblant, j'annonce fermement :

— J'ai dit non, papa. J'ai école demain. Il faut que je dorme.

Sa main allait me toucher, il la retire. Il se lève brusquement sans me lâcher du regard qu'il a glacial à présent quand il était vitreux et suppliant il y a encore quelques secondes.

Il tourne les talons et, arrivé au seuil de ma chambre, lance, cinglant et théâtral :

— Tu ne m'aimes pas !

Furieux, il claque la porte, en me laissant dans le noir complet.

Ma bouche s'ouvre, gigantesque.

J'aurais avalé le monde.

Et je me mets à pousser un long cri silencieux. Les sanglots frappent mon ventre. Les secousses remontent dans ma gorge. Je mords le drap, mon poing, et je pleure sans doute la nuit entière.

Ils ont promis. Il n'y aura que des week-ends à Tamanart, désormais.

« L'Algérie, c'est bientôt terminé : il faut en profiter. »

Je l'ai pensé si fort qu'ils m'ont entendue !

Toute la semaine, Béatrice et moi avons échafaudé des plans pour faire venir Gabriel. Il fallait que Julien l'invite – il était hors de question de le lui demander directement. Alors, à chaque récréation, nous lui avons fait l'article de la plus belle plage de toute la Méditerranée. Mais Julien est un malin : il a très vite compris notre petit manège, je le voyais, avec ses regards appuyés et sa moue moqueuse. Gabriel nous écoutait, amusé par notre enthousiasme. Et le sujet est peu à peu devenu si obsédant qu'enfin, la veille du week-end, il a fini par demander, à la cantine :

— Bon, alors ? Julien ? Tu m'y emmènes ?

J'étais dans tous mes états, mais j'ai fait de mon mieux pour garder un visage impassible. Pour contenir mon excitation, j'ai plongé dans mon assiette de coquillettes. Et, quand Béatrice m'a pincé la cuisse sous la table, j'ai failli m'étouffer.

Éclats de rire, à notre tablée.

Nous étions démasquées.

Ce matin, je suis heureuse comme jamais. Nous partons à Tamanart, sans Bernard – il a beaucoup de travail ce week-end, il est parti à l'aube pour l'aéroport.

Soledad ne conduit pas ; Fabrice a proposé de jouer les chauffeurs. Dans la voiture, l'humeur est légère : Lili chante à tue-tête, elle nous casse les pieds et personne ne lui dit de se taire. Étonnant de la part de Soledad qui, en temps normal, lui aurait demandé en espagnol de fredonner à voix basse. Je place ma main sur sa bouche, l'embrasse sur la joue et lui chuchote à l'oreille de cesser son vacarme. Son rire de Lili chérie me fait fondre quand je lui croque le cou.

Je comprends pourquoi Soledad laisse faire. Elle écoute sa cassette de Bécaud, ce chanteur qu'elle aime tant – rien ni personne ne peut l'en détourner. On écoute « Quand tu danses », et l'ambiance est toute chose. Marie lit – elle va être malade. On ne peut pas le lui reprocher : elle a sorti son sac en plastique, il est posé sur ses genoux. Si besoin, elle saura en faire bon usage. Alexandre a voulu s'asseoir à côté de moi : il n'était pas encore entré dans la voiture qu'il me parlait déjà. Il m'arrive de me demander s'il déglutit.

Le sujet du moment : sa dernière programmation sur ordinateur.

— J'ai choisi de ne pas mettre une trop grosse police de caractère, genre « ATTRB 2,2 », tu vois ? Peut-être que je vais essayer du violet sur un bleu clair… Le problème, c'est que je voudrais que ça reste longtemps sur l'écran avant de lancer la musique, mais j'ai déjà codé intégralement le morceau. Papa a dit d'insérer une boucle entre le texte et la musique, si j'ai bien numéroté mes lignes de codage de 10 en 10…

J'ai déjà décroché. « Les Marchés de Provence ». J'aime bien cette chanson, elle m'attendrit – je l'ai entendue toute mon enfance, et curieusement je ne m'en lasse pas. C'est comme Serge Lama : Soledad et Bernard passent souvent ses disques. « Les P'tites Femmes de Pigalle » me donne envie de danser comme une majorette. Bizarre. « D'aventures en aventures » me fait pleurer. Systématique.

Je sors mes écouteurs, parce que ma musique à moi est la meilleure. The Police, « Every Little Thing She Does is Magic ». Je me cale dans mes pensées romantiques, mes pensées magiques.

Béatrice m'a appelée ce matin.

— Ça va être fou ce soir. Tu vois ce que je veux dire, Latza ?

Je regarde Fabrice et Soledad. Je les trouve étonnamment silencieux. Le silence est une chose intime, précieuse. Je ne peux partager les miens qu'avec Béatrice et mon frère – quand il réussit à se taire ! Et puis, je m'imagine en train de me baigner avec Gabriel. Je crois que je souris bêtement depuis une bonne demi-heure. En arrivant, j'écrirai dans mon journal que la vie est belle. Si j'écris maintenant, je vais vomir. Comme Marie est en train de le faire.

Toute ma petite bande se retrouve à la plage à la tombée de la nuit. Pour une fois, j'ai pensé à la meilleure façon de m'habiller. J'ai préféré faire simple, avec mon tee-shirt fuchsia sans manches, au-dessous d'un sweat blanc assez fin, de forme chauve-souris, ouvert devant, avec juste trois boutons qui laissent entrevoir le rose du tee-shirt, et puis ma jupe préférée, avec ses trois volants, qui m'arrive au-dessus des genoux. J'ai mis mes baskets en tissu, plus très blanches – de toute façon, je vais à peine les porter. Je ne me suis pas maquillée. S'il m'embrasse, il vaut mieux ne pas porter de rouge à lèvres.

Nous sommes là, sur le sable, autour du feu. Gabriel, assis à côté de moi. Béatrice, la tête sur les genoux de Julien. Pawel et Marek chantent « Norwegian Wood » des Beatles s'accompagnant à la guitare.

Gabriel et moi ne sommes pas collés, nous ne nous touchons pas, mais de loin, c'est tout comme. À peine un petit centimètre doit nous séparer. Nos pieds trifouillent le sable. J'essaie de les cacher ; je les enfonce profondément pour atteindre la fraîcheur du sable humide. J'ai si chaud, mon visage est brûlant – les flammes rougissent mes joues et mes pommettes. Gabriel dessine des traits, des ronds, petits, grands, et puis un peu n'importe quoi avec ses longs pieds. Nos orteils se frôlent, parfois, ce qui déclenche instantanément un sourire ou un regard furtif, souvent les deux à la fois.

Pawel enchaîne avec « Blackbird ». Gabriel s'allonge sur le dos, appuyé sur ses avant-bras. Je me recroqueville, les genoux enserrés de mes bras, le menton posé au-dessus. Je fixe le feu, devinant qu'il me scrute. J'aime l'idée qu'il m'observe. J'ai un trac fou. J'ai froid, j'ai chaud. J'aime ça, Dieu que j'aime ça !

Marek continue avec « Here, There and Everywhere ». Gabriel détaille longuement mes omoplates, mon cou, mes épaules, mes cheveux ramassés sur un côté et tombant sur mon sein droit. Il redescend jusqu'à ma taille… Les deux frères attaquent « Dear Prudence ». Gabriel se rassoit. Je sens l'air se réchauffer d'un coup, je brûle. J'ai la chair de poule. Il reste très légèrement en retrait. Et puis, comme si un papillon s'était posé sur moi, il pose sa main sur mon dos. Je ne bouge pas, je ne suis plus que sa main et ma peau qu'elle recouvre. Tout le reste de mon être s'est désintégré. Mes tempes tambourinent. Le menton toujours posé sur les genoux, je penche la tête sur le côté gauche, faisant glisser ma joue et cachant ma bouche dans le creux de mon bras replié. Je ne laisse voir que mes yeux souriants, brillants, qui le regardent maintenant de biais – mais franchement.

Il glisse alors sa main vers ma taille, dans un geste d'une grande douceur. Je tremble de tous mes os. Malgré des efforts pour garder une respiration régulière, il semble que mon cœur cogne si fort qu'il est à l'unisson de mon squelette fou. Je contracte mes muscles du mieux que je peux, de peur qu'il ne le sente. La main remonte alors sous mon bras gauche, se plaque contre moi, et délicatement me soulève de terre. Je suis le mouvement. Il prend ma main et m'entraîne vers les arbres.

Nuit d'encre, nuit d'aveugle. Nos bras nous guident. Nous avançons, sans trop savoir où. Nous respirons fort.

Nous n'entendons que nos souffles qui s'entremêlent. Et au loin, très au loin, nous parvient « Lost Weekend » de Lloyd Cole and The Commotions. J'ai peur. J'ai toujours et encore peur du noir, même quand je ne suis pas seule.

Nous ne nous parlons pas. Au loin scintillent les lumières colorées du *château*. Les grands font la fête, comme d'habitude. Soledad a mis sa robe en soie bleu nuit et turquoise à fleurs – du sur-mesure qu'elle avait ramené d'un voyage en Thaïlande, un pays que Bernard adore. Je l'ai trouvée particulièrement en beauté, Soledad, ce soir.

Nous nous cognons dans les fourrés, parfois. Je n'ai aucune idée du temps que dure cette excursion dans l'obscurité – je m'en fiche pas mal. La moiteur de sa main dans la mienne, son parfum, la nuit étoilée me suffisent. Et puis, nous croisons un bungalow en construction, quatre murs, une entrée, pas de toit. Gabriel m'attire à l'intérieur. Il me plaque contre le mur et pose sa bouche contre la mienne. Raide comme un piquet, les yeux grands ouverts, le souffle coupé par la surprise, je me concentre instantanément sur la technique. Sa langue chaude et sa salive envahissent ma bouche. J'éprouve un étrange dégoût et, en même temps, une douceur de guimauve. Je tourne bien comme il faut, dans le sens qu'il faut, et je suis certaine d'appliquer à la lettre les conseils de Béatrice. Il me semble que c'est interminable.

Puis Gabriel me serre dans ses bras et glisse son visage dans mon cou. J'en profite pour reprendre un peu d'air. Il redresse la tête, je n'ose le regarder. La lune est là. J'esquisse juste un petit sourire gêné. Je me dis que ça y est, je l'ai fait. Maintenant, nous pouvons retourner sur la plage. Pas de précipitation : *chi va piano, va sano.* Gabriel ne semble pas de cet avis, il approche à nouveau sa bouche de la mienne. Embarrassée, peu encline à retenter l'expérience dans l'immédiat et préoccupée par la méthode, je le repousse légèrement, prétextant un bruit suspect.

J'ai bien entendu un craquement, dans le noir.

Non loin du bungalow, assis au milieu des bois, dans la terre sablonneuse semée d'aiguilles de pin, Alexandre et son ami Nicolas essaient d'allumer une cigarette. Leur briquet n'émet que de maigres étincelles. Nicolas peste. Alexandre s'escrime : il scrute le mini-feu d'artifice qui éclaire, par intermittence, le bas du visage de son ami et la cigarette qu'il tient entre ses lèvres. Quand une flammèche apparaît enfin. Vite ! Ne pas perdre une seconde ! Nicolas présente sa cigarette à la flamme et commence à aspirer. Alexandre s'aperçoit aussitôt que la cigarette est à l'envers et que Nicolas est en train d'en brûler le filtre. Il se met à crier contre son camarade pour qu'il cesse. Conséquence : la petite flamme s'éteint, replongeant les deux garçons dans la nuit noire et paisible. On entend bientôt le frottement de la pierre, une fois, deux fois, quatre fois, jusqu'à ce que le briquet soit définitivement déclaré hors service. La pierre roule dans le vide pendant qu'Alexandre prend sa tête entre ses mains, penché vers le sol, dépité.

Gabriel et moi restons figés un bref instant. Mais lui, il s'en fiche pas mal, des gamins et de leur clope, des lapins qui gambadent ou de l'oiseau qui a sauté d'une branche.

Il prend mon visage dans ses deux mains immenses et m'embrasse à nouveau. Cette fois, je me laisse aller, et m'aperçois que mon cerveau ne répond plus aux commandes. Mes jambes me tiennent à peine, et s'il n'y avait le grand corps de Gabriel collé au mien, je fondrais et me répandrais sur le sol en une flaque de crème onctueuse et sucrée : un étang de crème anglaise.

J'enfouis mon visage dans son tee-shirt, remplis mes narines et tout mon être de son odeur. Au loin, les cris et la musique de la fête accompagnent nos souffles. Bronski Beat, « Why ? ». Les minutes douces, chaudes, s'étirent. Nos corps plaqués, émus, frissonnants, n'osent bouger. Tout est si incroyablement bon. Je ne suis que cœur qui cogne, poumons qui dansent, estomac qui grouille, veines qui chantent, os qui claquent. J'ai l'impression d'être en pleine plongée organique : je me promène sous ma peau et je pleure de joie tout à l'intérieur, loin, très loin de la surface.

Mais notre timidité, notre inexpérience nous poussent à abréger. Nous finissons par nous écarter, en évitant de croiser le regard de l'autre. Surtout moi, je crois.

J'ai beau avoir sorti mon épée pour combattre toute pensée parasite, je ressens un vague malaise.

Et je ne compte pas le laisser s'installer.

D'une voix minuscule, je lui dis qu'il faudrait retourner sur la plage. Les B-52's et leur « Rock Lobster » font le reste.

Les adultes sont vraiment dingues.

Nous entamons notre retour tranquillement, avec la lune pour alliée, pour guide, quand une voix résonne :

— Latzaaaa ! T'es où, poufiasse ?

Béa. Je crie :

— Je suis là ! Ta gueule, pétasse !

Ma voix sonne aigu, trop cru, trop brutal.

Je considère Gabriel avec un petit air désolé. Je me sens bête, je lui prends la main.

— Je vais rejoindre mon amie. Pas possible autrement.

Je me hisse sur la pointe des pieds, lui dépose un bisou sur la bouche.

— À plus ?

— Évidemment, me répond-il, rassurant.

Je m'échappe, telle une biche pourchassée par un chasseur, et me fonds dans la nuit pour rejoindre Béatrice, juste derrière le cabanon de ses parents. Le cœur battant, le cœur accroché à Gabriel, je n'avais pas vu que nous nous étions si peu éloignés... Appuyée sur le mur de terre et de branchages, Béatrice agite une lampe torche et, à l'aide du faisceau de lumière, m'indique le chemin pour que je m'assoie à côté d'elle.

— Bon, alors ?

Béatrice est fébrile, surexcitée. Elle projette le rayon de sa lampe dans tous les sens sur les buissons d'en face, sans s'en rendre compte. Elle ne me regarde pas, mais je ne relève pas et préfère lui annoncer ma grande nouvelle :

— Ça y est, ma vieille !

— Quoi, ça y est… ?

— Ben, le patin, quoi ! La langue, et tout !

— C'est tout ?

Je n'en reviens pas de sa moue de déception.

— Comment ça, « c'est tout » ?! T'es pas bien ou quoi ? Il a mis la langue, et j'ai fait tout comme tu m'as dit…

Béatrice ne réagit pas.

— Alors… Première impression : d'abord, un truc bien gluant qui rentre, comme une grosse limace. Et puis, tout de suite après, ça devient chaud… Bien sûr, j'étais tendue, je te dis pas comment – un trac intersidéral ! J'ai tourné comme une malade, Béa, je t'assure. Au point que, franchement, j'en avais la mâchoire toute crispée…

— OK, OK, Latza… Ben moi…

— Non mais, attends Béa, je suis super contente ! C'était fou, tu comprends ? J'ai de sacrés progrès à faire, et je vais m'entraîner…

— Latza, putain ! Tu m'écoutes ? Tu me fais marrer avec ton histoire de limace chaude, là ! Tiens, regarde ça !

Béatrice passe la main dans son dos et me présente son soutien-gorge, qu'elle brandit fièrement sous mon nez, le faisant tournoyer devant mes yeux sidérés. Elle le dépose sur l'une de ses épaules et se lance dans le récit de ses exploits.

— J'ai adoré que Julien me caresse les seins. A-do-ré. Franchement, j'ai pas d'autre mot.

Je ne peux évidemment pas me contenter d'un mot, aussi enthousiaste soit-il. Je veux tout savoir, et d'abord : comment a-t-il fait pour lui retirer le soutif ? (Nous avons un intérêt très pointu pour la technique.)

— Ça n'a pas été une mince affaire. Je me suis sentie ridicule à me contorsionner comme une pouilleuse pour ne pas être obligée d'enlever mon tee-shirt.

Lorsque j'étais toute petite je disais de ma grand-mère paternelle qu'elle avait des seins comme des nuages tant ils me paraissaient immenses. Béatrice aussi a les seins comme des nuages. Elle en fait un tel complexe qu'elle a réussi à éviter qu'il les voie.

— Du coup, le soutien-gorge dégrafé est resté accroché à mes épaules et les lanières se baladaient sur ma peau, les bonnets remontaient jusque dans mon cou. Je tirais sur le bas du tee-shirt pour ne pas découvrir mon ventre ! Une galère !

Et, la pauvrette, pendant que les mains de Julien malaxaient la chair moelleuse de ses beaux seins lourds, elle tentait de garder un semblant de dignité. Un peu dommage, non ?

— Ben oui, je sais bien qu'il n'était pas là pour regarder mes bourrelets… J'aurais mieux fait de tout envoyer valser sur le sable !

Nous nous taisons, peu à peu envahies par la fatigue de nos émotions. Le silence qui s'installe est un silence heureux. « European Female » des Stranglers nous berce. Nous posons notre tête l'une contre l'autre, en poussant de longs soupirs, absorbées chacune dans la délectation de notre souvenir.

Le calme de la nuit et l'appel du sommeil finissent par l'emporter. Les jambes et les hanches épuisées de danses, les estomacs plombés par les hors-d'œuvre, les grillades, les semoules et l'alcool ont ainsi couché tous les êtres virevoltants des heures passées. Petits et grands.

Allongée dans mon lit, j'ai calé mon polochon entre mes cuisses de sorte qu'il recouvre mon ventre jusqu'à mon visage. Il me sert de base d'entraînement, de support à baisers. Je bave dessus comme un escargot, mais je crois bien que j'ai pigé. J'y teste toutes sortes d'approches : petits bisous picorettes, secs, baisers plus appuyés, un peu longs, où la bouche se ramollit légèrement – les lèvres finissent par s'entrouvrir, je stoppe. J'ose sortir la langue, à peine : le contact avec la taie est désagréable. Pas grave, il faut ce qu'il faut. J'alterne entre une pression forte, retenue, chair ferme des lèvres et émois enflammés, dégoulinants.

De toute façon, je fais ce que je veux avec mon polochon. Personne n'a le droit d'y toucher, il est le seul de la maison à être rembourré de mousse (je suis allergique à la plume, et tous les autres en sont fourrés). Il est certain que mon visage s'enfonce et m'oblige parfois à étirer le boudin de chaque côté, mais je n'abdique pas.

Mes sœurs bougent dans leur sommeil. Mieux vaut sortir. Je me glisse comme un chat au-dehors pour aller m'entraîner dans la courte fraîcheur de l'aube. Je m'avance discrètement entre les arbre, prenant soin à chaque pas de ne pas faire de bruit, lorsque des gémissements me stoppent net. Je devine deux corps allongés sur un grand tissu. Hypnotisée, je ne peux m'empêcher de regarder : des fesses descendent et remontent le long d'un ventre à la peau veloutée, une jambe pliée en l'air, avec une culotte accrochée à une cheville féminine – les ongles du pied sont vernis en bordeaux. Mon cœur cogne tant, et si fort, qu'il me semble que tous les arbres vont s'arracher du sol.

J'esquisse un pas, puis un second, puis un troisième, toujours scotchée aux peaux qui se frottent et aux soupirs de plus en plus haletants, de plus en plus puissants. Enfin, de peur d'être repérée, je fonce à en perdre haleine vers la plage.

Je m'y écroule.

Le lever du soleil est splendide. Un feu immense embrase l'horizon et envahit la mer. La peau de l'eau est toute ridée.

Je suis vieille comme la mer.

De retour à Constantine, je suis totalement coupée du monde, des autres. Je me fiche absolument de chaque adulte qui peuple ma vie, de mon frère et des petites qui ne sont que de vagues voix à mon oreille. Je respire Gabriel, je bois Gabriel, je chante Gabriel, je rêve Gabriel, je hume Gabriel, je savoure Gabriel. Je me repasse chaque seconde de notre soirée à Tamanart. Je me promène dans tous les recoins de ma mémoire, revisionne des passages dont le sens m'aurait échappé. Je mets pause, image par image, tel geste, telle inflexion dans la voix, la main autour de ma taille, la respiration dans mon cou. Mon Dieu ! Ne penser qu'à lui ! Rien d'autre ne m'intéressera plus jamais.

Bernard nous a préparé un bon dîner, pour nous, les enfants. Soledad et lui sont invités à dîner au consulat. La maison sent *Quartz* de Molyneux. Sur le tourne-disque, on a mis *La Misa Criolla.* Comme chaque fois qu'ils sortent, les instructions fusent : je dois bien m'assurer que les dents sont lavées, que les petites sont passées aux toilettes, et pas plus d'un quart d'heure de lecture. Comme chaque fois qu'ils sortent, ils m'exaspèrent avec leurs consignes. Toujours les mêmes. Et puis cette musique me scie les nerfs. Et puis je n'ai qu'une envie : aller m'enfermer dans ma chambre et me blottir contre mon traversin, tout contre mes rêves de Gabriel.

J'avale le riz au poulet et à l'ail en quatrième vitesse, et baragouine :

— Pas besoin de vous fatiguer : je sais ce qu'il y a à faire.

Bernard est bizarre. D'ordinaire, le soir, il chante un air d'opéra, un *Ave Maria*, un « Nessun dorma » ou bien « Toréador, en garde »... Il fait résonner les notes dans ses naseaux, vibrer sa glotte dans les vocalises, et nous casse les tympans depuis ses poumons accordéons. On dit qu'il a une belle voix ? Peut-être. Moi, je déteste. Ce soir, pourtant, Bernard semble absent, presque pressé de partir. Étrange. Cette pensée me traverse un instant, avant de se noyer dans ma compote de pommes aux épices. Plouf.

Lorsque la sonnette de la porte retentit, je me précipite pour l'ouvrir, comme pour fuir l'atmosphère saturée du parfum de Soledad et surtout de l'humeur de Bernard. Je me retrouve face à un petit monsieur, un feutre noir bien enfoncé sur la tête. On devine à peine le bout de son nez, au-dessus de sa bedaine ronde, tendue comme un ballon et ses chaussures brillantes dont on ne distingue que les jolies pointes.

Le petit monsieur ôte son chapeau pour me saluer mais garde le regard rivé au le sol, et me demande d'une voix à peine audible :

— Monsieur Luma, s'il vous plaît, mademoiselle.

Je reste interdite l'espace d'un instant, et finis par hurler :

— Papa ! Y a un monsieur… pour toi.

Au moment de me retourner, je me retrouve nez à nez avec Bernard et laisse mourir les deux derniers mots.

— Bonsoir monsieur Mouda, dit Bernard, en me faisant signe de partir. Que puis-je pour vous ?

Je reste plantée derrière lui. Il s'agit donc de notre propriétaire. Sans doute parce qu'il est étonné de sa venue à cette heure tardive, Bernard ne pense même pas à le faire entrer.

— Je ne veux pas vous déranger, monsieur Luma. Comment vont les enfants, en bonne santé ? Et Madame Luma, comment va-t-elle ?

Bernard hoche la tête et répond, évasif. Il regarde sa montre.

— Pardon, monsieur Mouda, nous sommes attendus, avec mon épouse, pour dîner…

— Oh oui, bien sûr, pas de problème, monsieur Luma. Je ne veux pas vous déranger, ni madame Luma. Surtout si vous devez sortir ! C'est juste que… Je vous ai déjà parlé de mon fils ?

M. Mouda se lance dans une longue tirade : son fils, la fierté de ses jours, va se marier dans quelques semaines. Très bientôt. La cérémonie devrait rassembler toute sa famille, deux cents personnes au moins. Une grande joie. Et, comme le bail de notre maison expire le mois prochain, il faut commencer à s'organiser, parce qu'il est nécessaire de rafraîchir les lieux : les noces doivent être à la hauteur des circonstances. La fête se tiendra dans le grand salon, à l'étage, et des tables seront installées dans le patio. Ensuite, les jeunes mariés s'installeront durablement entre ces murs.

— Voilà, monsieur Luma. Comme je n'avais aucune nouvelle, j'ai préféré m'assurer que tout était en ordre.

Bernard est stupéfait. Ses joues et sa bouche, qui tremblaient légèrement d'un rictus d'impatience, se figent d'un coup. Il ne comprend pas bien, ou il ne veut pas bien comprendre.

— Mais… comment ça, monsieur Mouda ? finit-il par bégayer. Vous n'êtes pas sérieux ? Il est plus que probable que je quitte l'Algérie à la fin de l'été – l'annonce de ma prochaine affectation est imminente. Je ne vais pas déménager avec toute ma smala, alors que je pars dans, allez, deux ou trois mois tout au plus ?!

— Monsieur Luma, un contrat est un contrat ! Je vois que j'ai très bien fait de venir. C'est toujours la même histoire avec vous, les expatriés ! Vous prenez les choses à la légère ! Pardonnez-moi, monsieur Luma, sauf votre respect, c'est mon expérience qui parle… Mais enfin, ça ne vous est pas venu à l'esprit de me demander si c'était possible ? Quand comptiez-vous me la demander, cette prolongation ? Dites-le-moi, monsieur Luma.

Bernard a l'air perdu.

— Je ne sais pas, j'étais loin d'imaginer que cela poserait un problème… Vous vous rendez compte de l'organisation que cela suppose ? Ma fille qui passe son brevet…

La voix désemparée de Bernard me gêne. Il semble fragile, égaré.

Petit Papa…

Je le revois soudain face à l'Atlantique, un été. Alexandre avait échappé son ballon dans les flots. Après de longues minutes de nage forcée pour tenter de le rattraper, Bernard avait regagné la rive. Petit papa. Seul, de dos, il contemplait le ballon dévoré par les vagues, emporté inéluctablement. Face à son impuissance, j'ai ressenti une tristesse infinie. J'aurais aimé le consoler. Et j'ai pleuré le ballon. Et j'ai pleuré Petit papa…

M. Mouda change de ton, il perd patience :

— Ah non, monsieur Luma, nous avons des vies chargées, nous aussi ! Nous avons des obligations, des attentes et des exigences, nous aussi ! Vous ne pouvez pas disposer de nous à votre guise ! Alors, vous comptiez rester là, sans m'avertir de la prolongation de bail ?

Bernard est incapable de prononcer le moindre mot.

— Écoutez, monsieur Luma, pardonnez-moi, mais vous avez l'air de tomber des nues… Je ferais mieux d'y aller. Mais je ne m'inquiète pas : vous aller trouver une solution. Au cas où, je vais demander autour de moi, pour vous dépanner. Je vous souhaite une bonne soirée, monsieur Luma. Mes respects à votre épouse. Mademoiselle.

M. Mouda soulève à nouveau son chapeau, se courbe en me saluant, tourne les talons et s'éloigne à petits pas, la main droite sortant de sa trop grande veste les clefs de sa voiture.

Bernard referme la porte. Il est dans un état second.

— Mais qu'est-ce que tu fous là, toi ? me lance-t-il, en se retournant.

Je le découvre, la mine livide. Et ce regard, à la fois désespéré et suppliant, je le connais. Je ne le connais que trop bien. Pas de Petit papa. Cet homme qui, à la faveur de la nuit, se change en un ogre au teint cireux, aux yeux vitreux, je le reconnais. Ce monstre que je pensais fondu au soleil de l'Algérie : il est bien là, devant moi.

Je suis trop proche de lui.

Un frisson glacé me traverse. J'ai l'impression que je vais tomber à la renverse et qu'il va se transformer en serpent et m'avaler tout entière.

Je m'échappe dans les escaliers. Bernard s'assoit sur la première marche. Effondré.

Vivement qu'ils partent. Je me sens si fatiguée.

Je l'ai vu, une dernière fois, lors d'un séjour en France.

J'ai treize ans. Nous sommes au supermarché, au niveau des caisses. Devant nous, il y a une petite fille de trois ou quatre ans, assise dans le siège du Caddie, les jambes ballantes. Sa jupe, remontée jusqu'à la taille, laisse entrevoir sa petite culotte.

Comme toujours, je me précipite sur les paquets de Malabar posés avec les chewing-gums devant le tapis roulant. J'adore faire des bulles géantes. Je suis douée pour ça. Je me retourne, brandissant un paquet et, avec mon air le plus suppliant du monde et une voix haut perchée, je dis :

— Je peux ?

Je vois alors mon père, les yeux gluants, hypnotisé. Son être semble se dissoudre sous mes yeux : il glisse en une huile noirâtre sur les barreaux gris du Caddie qui remonte jusque dans l'entrecuisse de la petite fille, pour s'engouffrer sous sa culotte.

D'un bond, je me poste devant la gamine, la masquant au regard immonde. Et, dans mon dos, je planque les chewing-gums au fond de la poche de mon jean.

Ce soir-là, cachée dans ma chambre, je crois avoir battu mon record de bulles géantes. La dernière m'a éclaté en plein visage et j'ai mis un long moment à en retirer les lambeaux, collés à mes cheveux et jusque sur mes cils. J'ai eu mal à la mâchoire toute la nuit, mais je ne me suis pas fait attraper.

Personne n'en a jamais rien su.

Soledad a enfilé son long manteau de lin beige, Bernard son petit blouson gris. Elle a, comme souvent avant de quitter la maison, cherché son sac dans toutes les pièces, tandis qu'il l'attendait dans la voiture. Enfin, le bruit du moteur a marqué leur départ, à mon plus grand soulagement.

Nous sommes toutes les trois dans la chambre des petites, la plus spacieuse de toutes. Ici comme dans le salon, des fenêtres hautes, majestueuses, s'intègrent dans une alcôve arrondie qui donne sur la rue. De part et d'autre, il y a des lits avec des draps en tissu Liberty, à dominante bleu et vert. Au centre de la pièce, un immense tapis blanc crème sur lequel traînent des peluches, des livres, des cubes en bois de toutes les couleurs et des petits bonshommes en plastique.

Assise entre mes deux sœurs, je lis à haute voix *La Chèvre de M. Seguin* : « Ah ! La brave chevrette ! Comme elle y allait de bon cœur ! Plus de dix fois, elle força le loup à reculer pour reprendre haleine. Pendant ces trêves d'une minute, la gourmande cueillait en hâte encore un brin de sa chère herbe ; puis elle retournait au combat, la bouche pleine… Cela dura toute la nuit. De temps en temps, la chèvre de M. Seguin regardait les étoiles danser dans le ciel clair, et elle se disait : – Oh ! pourvu que je tienne jusqu'à l'aube… L'une après l'autre, les étoiles s'éteignirent. Blanquette redoubla de coups de cornes, le loup de coups de dents… Une lueur pâle parut dans l'horizon… »

J'enclenche la veilleuse. Depuis l'entrée, je leur envoie à chacune un baiser qui vole jusqu'à elles, puis je laisse la porte entrouverte.

Vite, ma chambre, mon refuge. Mon lit deux places est encastré entre de grands placards, face à un bureau, avec ses tiroirs et sa lampe. Au-dessus, un poster de l'album *The Unforgettable Fire* de U2 : dans un noir et blanc tirant vers le sépia, la photo montre un château médiéval en ruine, recouvert de lierre ou de vigne vierge, une croix noire sur le fronton. Une lumière divine vient éclairer l'intérieur de l'édifice. Le nom du groupe et le titre de l'album surplombent cette image baroque, mystérieuse, qui me fascine, en fan que je suis.

Ma chambre, mon refuge. J'ai recouvert un mur entier de photos de mannequins découpées dans des magazines féminins. Des *Elle*, des *Marie Claire*, des *Cosmopolitan* que Julie nous passe après les avoir lus. Soledad ne les achète que très rarement, même si elle aime bien la mode, la déco, la cuisine – la recherche du beau l'intéresse, dans tous les domaines. J'ai ainsi punaisé plusieurs dizaines d'images au mur. À l'heure des top models, la tendance est aux corps galbés, dorés. Les couleurs criardes, les épaulettes, les maillots de bain très échancrés, les crinières archi-laquées s'étalent sur mon mur.

Avec tous ces visages et silhouettes de femmes sublimes, j'ai établi un sondage : chaque adulte qui vient chez nous doit passer par ma chambre et me dire quelles sont ses trois favorites. Les réponses diffèrent entre les hommes et les femmes, mais le nom de certains mannequins revient souvent. Après avoir été sceptiques, Soledad et Bernard, puis leurs amis, ont trouvé l'approche amusante. Cet étalage de superficialité reconverti en un terrain d'observation sociologique a fini par les convaincre. Il faut bien avouer que j'y ai mis du temps, de la patience, du cœur aussi : chaque image a été méticuleusement découpée, alignée, superposée, de façon à créer une fresque qui ne laisse pas le moindre millimètre de mur nu.

Ma chambre, mon refuge. Au-dessus de ma lampe de bureau, j'ai accroché une photo froissée, toute petite, découpée dans le journal. Un visage, celui d'Omayra Sánchez, la jeune Colombienne de treize ans, morte en novembre 1985, après l'irruption du volcan Nevado del Ruiz. Trois jours et trois nuits durant, elle est restée prisonnière dans l'eau et le béton. Son agonie s'est éternisée sous les caméras du monde entier. J'ai tant pleuré pour elle, tant pensé à elle, que j'en ai peu à peu développé une fascination morbide. Ses yeux d'ébène, éteints, n'en finissent pas de m'engloutir. Je plonge avec elle dans cette nuit infâme qui recouvre sa peau. Quand je la regarde, je me dis qu'il n'est pas juste de mourir si jeune : Omayra est morte avant d'avoir fait l'amour. Jour après jour, je suis devenue cette enfant de treize ans. Pas celle qui avait péri, mais celle qui allait survivre, celle qui ne mourrait pas avant de l'avoir fait. Moi, Latzari Luma, non seulement je ferai l'amour, mais en plus j'aimerai ça… Pas question de me laisser submerger par l'ombre du volcan et ses torrents de lave, pas question de laisser la tragédie triompher. Omayra et son agonie sont mes alliées.

Lutter au corps-à-corps. Corps contre corps. Par et pour mon corps. *Corpus Latzaristis.*

La porte de ma chambre est entrebâillée. Je veux écrire le nom de Gabriel dans mon journal, encore et encore, jusqu'à m'endormir. Bien calée dans mes coussins, je vais dessiner chaque lettre, je vais les colorer. Chaque recoin de mon cerveau doit être occupé par lui et tout ce que j'imagine de lui. Je n'ai même plus envie de lire mon nouvel Harlequin – à moi d'écrire le mien.

Je pousse légèrement ma porte.

Posée sur mon lit, l'enveloppe. Mon prénom est inscrit dessus.

En une fraction de seconde, je reconnais l'écriture de Bernard et en une fraction de seconde, je comprends. Avant même de l'ouvrir, je sais.

Latzari,

Tu es une femme, maintenant. Une femme si belle, si sensuelle. Personne ne doit t'abîmer.

Latzari, ma Latzari… Je veux que nous fassions l'amour.

La plupart des hommes n'y connaissent rien ; moi je t'apprendrai. Je veux être celui qui t'enseignera tout. Tu seras parfaite, grâce à moi, et personne ne pourra te faire le moindre mal. Je jure que je te traiterai avec douceur et patience. Je veux te caresser des heures entières, que tu découvres les sensations que peuvent éprouver nos corps. Je veux que le sexe n'ait aucun secret pour toi. Tu seras ainsi une merveille pour celui que tu choisiras.

Je suis le seul à te connaître, le seul à vouloir prendre soin de toi. Tu seras une reine.

Réponds-moi vite, et n'oublie pas de joindre cette lettre à ta réponse.

Papa, qui t'aime plus que tout.

Une lance aurait pu me transpercer de part en part. Je ne ressens rien que le givre d'une solitude infinie.

Je me relève et, tel un automate, me dirige vers l'entrée de la maison. Le téléphone est posé sur un petit meuble en bois, juste en bas de l'escalier. Je m'assois sur la première marche, sans m'en rendre compte, exactement à l'endroit où était Bernard tout à l'heure, après la venue de M. Mouda. Dans ma main, la lettre.

J'attrape le combiné et le dépose sur mes genoux grelottants, avant de composer le numéro.

— Oui, allô, bonsoir madame. Je souhaiterais parler à Béatrice, s'il vous plaît...

Ma voix se ratatine au fond de ma gorge. J'ai l'impression que mes lèvres sont violettes et que mes doigts bleuissent à vue d'œil.

— Salut pouffiasse ! Tu m'appelles tard, dis donc...

La voix enjouée de mon amie précipite l'arrivée des pleurs. Tout se déchire. Avant même qu'elle finisse sa phrase, mes sanglots roulent dans l'air. Ils sont silencieux, contenus, comme si leur écho allait faire venir la bête.

— Latza, qu'est-ce qui se passe ? s'affole Béa.

— Oh… C'est horrible, c'est fou. Je pensais que c'était fini…

— Latza, de quoi tu parles ?

— Il m'a écrit une lettre… Mon père. Il l'a déposée sur mon lit avant de partir dîner. Béa, il faut que je te la lise. Tu m'écoutes, hein ?

J'inspire à petites goulées, déglutis, étouffe un sanglot. Puis j'attaque. Les larmes coulent, brûlantes, sur mon visage. Le son de ma voix, les gémissements de petit animal qui s'en échappent, me font horreur.

Dans le combiné, j'entends la respiration de Béatrice, abasourdie. C'est la première fois qu'elle ne trouve rien à me dire.

— J'ai envie de vomir, Béa, c'est horrible. Je ne comprends pas ce qu'il a, mon père… Il dit qu'il m'aime, mais c'est quoi cette façon d'aimer ?

Je laisse la question planer dans l'air. Béa garde le silence, sous le choc. Je regarde l'entrée de la maison face à moi, hébétée. Puis je tranche.

— Il faut que j'écrive une réponse, maintenant.

Ma tête pèse des tonnes, tous mes membres sont lourds, si lourds. J'aimerais me laisser glisser dans des sables mouvants, et disparaître, sans rien sentir. Je ferme les yeux et laisse tomber ma tête sur l'un de mes genoux, le téléphone sur l'autre. J'entends alors la voix de Béatrice, très douce, qui chuchote :

— Latza ? Hé… Latza… ?

Je me redresse.

— Oui, Béa. Pardon. Voilà ce que je compte faire. Je vais lui dire que c'est pas possible, que je ne peux pas être sa maîtresse. Je suis sa fille, et c'est pas comme ça qu'on aime sa fille. Tu es d'accord ? Je vais lui répondre ça.

Et la colère repart.

— Et puis, il n'a qu'à choisir une maîtresse de son âge, comme tout le monde ! Ou aller voir une prostituée ! Hein ? Béa ? S'il a des problèmes avec ma mère… Moi, je suis sa fille, et je l'aime comme un père !

Je souffle, plusieurs fois, en gonflant mon ventre, comme je l'ai vu faire dans les cours de yoga, comme Soledad me l'a appris.

— Je vais lui écrire tout ça dans ma lettre.

Un long silence s'installe, puis les sanglots reviennent, comme un torrent, charriant des cailloux, des bâtons, la boue de l'enfance. Un long râle se faufile du fond de ma gorge. J'ai si peur de m'effondrer que je m'accroche au fil du téléphone, le combiné collé contre mon oreille. Les dents serrées, je murmure :

— Béa, tu ne dis rien, hein ? À personne. Je tiens le coup, t'inquiète. Je vais tenir bon, trouver une solution… Tu me promets ?

— Je te promets, Latza, je ne dirai rien, à personne. Et je sais bien que tu vas tenir le coup. Tu es forte, tu es costaude, même ! J'ai confiance en toi, Latza, tu vas y arriver… Je le dis Latza, y a pas, des fées se sont penchées sur ton berceau, c'est sûr !

— Putain, Béa… Je suis obligée de vivre ça ?

Je pleure si fort que j'en ai des spasmes, comme si j'allais rendre. Me rendre. Expurger tout ce que j'ai sur le cœur depuis tant d'années, tout ce qui me répugne, me coupe en deux, me terrifie.

Mais il faut que je retrouve mon sang-froid. Fumer une cigarette. Prendre un bain. Me calmer. Tout ceci est bien réel. Il va falloir que j'entre dans l'arène.

— Ça va aller. Je vais écrire, Béa. Allez… On se voit demain.

— Je t'embrasse fort, super fort, Latza. Je t'interdis de craquer, hein ?! Et n'oublie pas, tu n'es pas seule.

Le petit bruit de grelot qu'émet le téléphone au moment de raccrocher me dit pourtant tout l'inverse. Je suis seule, et le serai toujours.

La chienne arrive et se cale contre mes jambes. Je l'entoure de mes bras, la serre, enfouis mon visage dans son pelage. Longtemps, silencieusement.

Mes larmes se sont taries.

Je me lève, je m'installe à mon bureau, arrache une feuille dans un grand cahier à petits carreaux. Je choisis un stylo à plume, une encre noire. Au fur et à mesure, mon écriture ronde, appliquée, grossit, se déforme en ratures furieuses. Sans que je ne m'en aperçoive, les dernières phrases que je jette sur le papier se dilatent. Chaque lettre semble écrite par une toute petite fille, qui tacherait sa copie de gouttes salées, et ne saurait dessiner les mots qu'en tremblant.

Non, l'eau ne tombe pas du ciel à Constantine.

Je regarde Omayra, ses cernes bleus, ses pupilles noires dans lesquelles l'enfer a figé sa demeure. Une sécheresse m'a envahie. Je me glisse sous mes draps. Il faut que je dorme.

Je dors.

Je crois dormir.

Mais comme ce terrible soir, du « Tu ne m'aimes pas », la porte de ma chambre s'ouvre. Comme cette nuit du refus affirmé lorsque j'avais douze ans, la lumière s'engouffre et une grande ombre pénètre dans la chambre. Sans regarder vers le lit, il fait deux pas, attrape les deux lettres posées sur le bureau et repart à reculons.

J'ai toujours été très obéissante.

Je tremble. Je me recroqueville sous les draps, sans laisser le moindre cheveu dépasser.

J'étoufferai s'il le faut.

Je crois que je ne vais pas dormir.

Je m'endors.

Papa,

Je ne comprends pas. Pas du tout.

Ce que tu demandes n'est pas possible. Je suis ta fille. On ne fait pas ces choses-là avec sa fille.

Si tu as des problèmes avec maman, va voir une prostituée ou prends une maîtresse. Mais ne me le demande pas à moi.

Il faut absolument que tu retires ça de ta tête.

Ta fille, Latzari.

Sur le chemin de l'école, nous marchons vite, mon frère et moi. Sans échanger un mot. Nous avons tous les deux l'air grave.

Durant le petit déjeuner, nous étions mutiques, déjà. D'humeur radieuse, Bernard multipliait les blagues, les compliments, les « mon grand » par-ci, les « ma grande » par-là. Assis côte à côte, penchés sur nos corn flakes, nous n'avons pas échangé un regard. Alexandre promenait sa cuillère entre les céréales, sans la porter à sa bouche. Son air morose m'a semblé curieux. Pour Bernard, en revanche, la journée s'annonçait magnifique – à croire que les lettres de cette nuit n'avaient jamais existé. L'odeur de son after-shave m'a coupé l'appétit. La lumière du jour traversait le tissu de sa djellaba blanche, laissant deviner les plis de son ventre, son sexe mou. Je voudrais l'émasculer.

Les baisers de Gabriel se sont désintégrés et la mélancolie me dévore.

Nous passons devant la terrasse d'un café. Par la radio nous parvient la voix d'un prêcheur, vindicative. Depuis quelques mois, il n'est pas rare d'entendre s'exprimer des intellectuels, des théologiens, des savants, qui se revendiquent islamistes. La plupart ne sont pas algériens. Ils s'adressent aux hommes et aux femmes de ce pays qui souffrent au quotidien d'un abandon de la gouvernance et d'une infantilisation d'État. C'est ce que disent nos parents, le soir, quand ils en parlent dans leurs dîners. Et moi qui les écoute, je capte tout. De fait, dans les cafés, se diffuse l'idée que l'Algérie a été vendue à l'Occident, aux mécréants. Le peuple doit prendre le chemin de la vertu – on dit que seuls Allah et Sa Loi pourront le sauver…

En attendant, j'aimerais bien savoir pourquoi Alexandre fait cette tête. Quand je l'interroge, il me raconte qu'il aurait bien aimé rester à Tamanart. Il n'a aucune envie d'aller à l'école, mais il n'a pas non plus envie de rester à la maison.

— Ce matin, en plus, j'ai cours d'arabe, j'ai aucune envie de chanter l'hymne national algérien, debout comme un piquet. Tu sais comme je déteste ça.

Il aimerait mieux chanter la chanson du générique de *Pinocchio*, un dessin animé qui passe à la télévision et que nous regardons, même si nous ne comprenons pas tous les mots. Nous ne ratons jamais l'occasion de l'entonner, et le plus fort possible, en hurlant de rire.

— Chanter l'hymne national algérien est une question de respect, Alexandre. Tu ne vas pas en mourir, non ? Il y a des règles, il faut les respecter – tu as intérêt à te tenir à carreau en cours d'arabe. Mais qu'est-ce qui te prends, là ?

Je sais qu'il ne fera pas de vagues.

Posté devant son bureau, M. Moulard, le chef d'établissement, a l'habitude d'observer son petit monde. Lorsqu'il nous voit entrer dans la cour, il comprend tout de suite que quelque chose ne va pas. Je n'ai pas de rouge à lèvres, j'ai enfilé des vêtements à la hâte – les premiers qui me sont passés sous ma main. Pas de salut au gardien, pas de bises claquées sur les joues des copines, pas d'éclat de rire exubérant. Je me cale contre l'un des murs de la cour, tandis qu'Alexandre s'assoit, seul, sur un banc. Nos visages sont fermés.

Béatrice vient me parler. Elle a prévenu tout le monde que j'avais eu une terrible dispute avec mes parents hier soir, et qu'il valait mieux me laisser tranquille. Nos bandes nous observent, de loin. Personne n'ose venir me voir. Tant mieux. Je suis complètement atone. Je n'arrive même pas à regarder Gabriel.

Je passe la matinée dans mon coin. À la cantine, je fais l'effort de manger avec les autres. J'explique juste que j'ai mal dormi, que j'ai mal au ventre – rien de grave, sans doute, ça ira mieux demain. Béatrice ne me lâche pas d'une semelle, dans un silence inquiet. Elle passe furtivement sa main sur mon bras, l'air de rien, comme pour signaler qu'elle est là. Si je trébuche, je ne tomberai pas. Quant à Gabriel, il ne me quitte pas des yeux, mais je ne lui accorde pas la moindre attention. Mon esprit, mes entrailles ne sont que brouillard.

La journée se termine par le cours d'anglais. Quelques jours auparavant a eu lieu le conseil de classe – j'y ai participé en tant que déléguée. Comme à mon habitude, j'ai relayé, avec un peu de bravoure et beaucoup de délectation, les revendications de mes camarades, notamment le point le plus délicat : nos difficultés avec Mme Singer, notre professeure d'anglais. En gros, la classe n'en peut plus de ses cours.

Mme Singer est une petite femme sèche de presque soixante ans, les joues tombantes, le visage pointu, les yeux vifs et froids. La plupart du temps, elle s'adresse aux élèves en français. À chaque cours, elle entend nous apprendre les bonnes manières, à travers moult remontrances sur nos comportements, nos tenues qu'elle juge inappropriées, notre vocabulaire indécent. Elle nous regarde comme un troupeau de jeunes blancs-becs aux hormones débridées. Son but : nous corriger plus que nous enseigner.

Aujourd'hui, je me suis isolée dans un coin de la classe, près d'une fenêtre. Béatrice reste à bonne distance, mais en alerte. À peine le cours a-t-il commencé que les critiques fusent. Je garde le visage tourné vers la cour et laisse le discours dépréciatif ronronner à mon oreille. L'indifférence est générale. C'est à qui mâchouille son stylo, gratouille sa main. Et que je joue avec le zip de la trousse… Et que je dessine des formes avec la gomme sur la table… Et que je frotte les pieds l'un contre l'autre sous la chaise…

L'ennui exulte.

Mme Singer, pourtant, ne semble pas affectée par notre lassitude. Elle s'emballe dans son monologue théâtral, prend des airs éperdus en parlant de l'éducation ratée de notre génération. Comment nos parents peuvent-ils nous laisser sortir en jeans ? Des jeans moulants, exubérants. Avons-nous conscience, nous autres demoiselles, que nous sommes la provocation incarnée ? Tous ces garçons, pourquoi sont-ils postés devant le collège ? Pour regarder nos postérieurs, pardi !

Hélas, au bout d'un moment, les paroles de Mme Singer finissent par me piquer. L'indifférence n'a jamais été mon fort. Et plus son soliloque s'étire, plus je ronge mon frein. Sa voix nasillarde me fait l'effet d'un ongle qui crisse sur un tableau noir. J'ai une envie soudaine de lui arracher les yeux, la langue – de la scalper aussi, tiens. L'abattement m'éloigne de toute attitude raisonnable. Et puis, d'un coup, sans même l'anticiper, je lance, d'un ton las :

— Pour une fois, madame Singer, pourriez-vous nous donner un cours d'anglais, et non un cours de morale, s'il vous plaît ? Ou alors, si vous ne pouvez pas vous en empêcher, faites-le en anglais, au moins…

Je tourne à nouveau la tête vers l'extérieur. Singer est coite, la classe stupéfaite. J'entends les talons pointus de la dame de pique claquer le sol et trottiner vers moi. Je lui offre mon regard, je ne suis pas malpolie.

— Alors, comme ça, Mlle Luma se permet de prendre la parole. Parfait. *Well, well, well… It's time to* mettre cartes sur table.

Car, oui, elle avait prévu de le faire, après le conseil de classe. Puisque cette réflexion a déjà été exprimée par Mlle Luma lors du conseil de classe, elle souhaite désormais interroger *everybody*. Elle émet le plus grand doute sur l'honnêteté, *the honesty, the integrity of* Mlle Luma. Le rôle d'un délégué consiste à représenter tous les élèves, *the whole class*. Mais elle se demande si *Miss* Luma n'a pas parlé en son seul nom – *to tell the truth*, elle a toutes les raisons d'en douter. *Miss* Luma n'aurait-elle pas plutôt utilisé son rôle de représentante pour régler ses comptes... à elle ?

Je l'examine froidement en train de gesticuler, bouger ses lèvres inexistantes, ses épaules étroites, faire tout son cirque... Cette femme est atterrante.

Campée devant mon bureau, elle s'adresse à toute la classe :

— *Is it true ? I'm asking... Do you agree ?* Pensez-vous que je ne vous enseigne pas assez l'anglais ? Que je vous donne des cours de, comment dites-vous, mademoiselle Luma, des cours de morale ? *A moral class, isn't it ?* Ce qui, entre nous soit dit, ne vous ferait pas de mal. Un peu de plomb dans la cervelle, un peu de bon sens qui vous fait infiniment défaut... Faire défaut : *to be lacking*. Notez, tiens, notez : *to be lacking*, faire défaut.

Mme Singer s'interrompt. Elle attend. Les élèves comprennent qu'elle leur donne un ordre : elle ne reprendra son laïus qu'une fois qu'ils auront obéi. Chacun ouvre son cahier et griffonne.

— *L-A-C-K-I-N-G. So...* Donc, alors... *I'm listening. Has anyone something to say ?*

Presque tous gardent le nez plongé dans leurs pages. Une heure de colle, non merci. Un mot sur le carnet pour impertinence, avec la gueulante des parents à la maison, surtout pas.

Béatrice jette un œil vers moi. Face à cette bande de lâches, elle inspire un bon coup et lève timidement la main pour prendre la parole, mais Mme Singer feint de ne pas la voir.

— *Then, this is exactly what I expected…* Mlle Luma prend donc ses grands airs au conseil, fait son intéressante, et n'agit pas en concertation. Parfait. Mademoiselle Luma, sachez que cette affaire n'en restera pas là : j'irai en référer directement à M. Moulard, et je lui ferai part de votre insolence. *Well, now, let's continue…*

Elle ouvre le manuel, je pense : *Let's begin.*

Assise, je patiente. Je laisse toute la classe quitter la salle pour jeter mon sac sur mon dos et sortir dans la cour. Là, je vais m'appuyer contre l'un des platanes. J'attends Alexandre pour rentrer.

Béatrice et Gabriel m'observent à distance, la mine grave.

Je ne leur en veux pas, mais ma tristesse s'est encore alourdie. Il n'y a que le gardien à qui je puisse adresser un pauvre sourire. Ses yeux m'attrapent, et je m'y glisse, pour y lire quelque soutien, quelque gentillesse.

Quand je vois Mme Singer sortir du bureau de M. Moulard, le directeur à sa suite, je repense à l'arrivée des chasseurs dans *Pierre et le Loup* : « C'est alors… (voix des cordes) C'est alors que les chasseurs sortirent de la forêt…

(voix des cordes) Ils suivaient les traces du loup et tiraient des coups de fusil ! »

M. Moulard m'appelle d'une voix ferme. Je ne me fais pas prier et traverse la cour, passant devant mes camarades navrés. Il me semble que je vais à l'échafaud, mais sans éprouver nulle peur, nulle émotion. Mon sort m'est tout à fait égal.

M. Moulard a toujours été pour moi un vieux sage doux, avec sa barbe et ses cheveux grisonnants, et sa stature discrète. Sans qu'il ait besoin de sévir, nous le respectons tous. Probablement parce que nous nous savons considérés, accompagnés. Cette convocation n'en demeure pas moins désagréable, surtout à cause de cette imbécile de Mme Singer.

Le bureau du directeur est gris, triste comme une cellule, avec sa table de travail, ses deux chaises et son armoire métallique remplie de dossiers. La fenêtre est haute, avec des barreaux qui en accentuent l'aspect carcéral. Un tas de papiers sont punaisés au mur.

M. Moulard m'invite à m'asseoir. Je me laisse tomber de tout mon poids sur la chaise qui lui fait face et l'observe, tandis qu'il s'active à classer ses papiers, ranger ses stylos, rassembler ses chemises. Je suis son petit manège, perplexe. Tout à son affaire, M. Moulard prend enfin la parole :

— Alors, Latzari ? Comment allez-vous ?

Je m'étais préparée à contre-attaquer, pas à exposer mes états d'âme – je préfère me taire. Je m'échappe vers la carte de l'Algérie, accrochée derrière lui, sur laquelle je lis « Grand Erg occidental », « Grand Erg oriental », « Sahara », et au milieu « Ghardaïa ».

Un ange passe.

M. Moulard me fixe, interrogateur. De ses yeux bleus, très ronds, se dégage toujours cette douceur singulière. Si je devais le qualifier en un mot, je dirais que c'est un homme bon. Je le sais. Je le sens. Sa voix, ses gestes, tout son être l'attestent. Les mains bien calées sous les cuisses, je baragouine, presque pour moi :

— Ça va très bien, monsieur le directeur.

Le voilà qui retourne à ses affaires. Il tire l'un de ses tiroirs métalliques, dont le fracas couvre la phrase qu'il marmonne :

— Hum, ça, j'en doute…

Je ne suis pas certaine d'avoir compris. Il referme le tiroir, pose ses mains l'une sur l'autre, les doigts entrecroisés. Apparemment, il est temps de passer à table.

— Latzari, pourquoi n'êtes-vous pas maquillée aujourd'hui ?

C'est quoi cette question ?

— Et votre foulard, Latzari ? Qu'avez-vous fait de votre foulard, que dis-je, de votre bandana ?

Je ne vois vraiment pas où il veut en venir.

Il ne me lâche plus maintenant avec son air si calme, si posé, suspendu à ma réponse. Impossible de lui échapper. Ses yeux sont si bleus et apaisants.

— Latzari, écoutez-moi bien. Demain matin, je veux vous voir avec votre rouge à lèvres et, bien entendu, votre foulard bandana – enfin, l'un votre collection. C'est compris ?

Je hoche la tête en signe d'approbation.

— Et gardez en tête ce proverbe arabe : « On ne peut empêcher des oiseaux noirs de voler au-dessus de notre tête. Mais on peut les empêcher d'y faire leur nid… »

Agrafée à son regard azur, je lui rends son sourire.

Pendant ce temps, tous les élèves ont quitté l'enceinte de l'établissement. Sauf Alexandre, qui fait les cent pas. Combien de temps va-t-il encore devoir m'attendre ? Et puis, qu'est-ce que je fais dans ce fichu bureau ? Les parents vont finir par s'inquiéter. Il déambule dans la cour, tape du pied, shoote dans un caillou, s'assoit, se redresse. Le gardien le surveille. Alexandre ne patiente pas depuis longtemps, mais chaque seconde lui paraît une éternité.

Quand enfin je sors, il se jette sur moi.

— Ben alors, qu'est-ce qui se passe ?!

Je hausse les épaules. Il faut qu'il se calme, le frangin. Je maîtrise la situation. Je le prends dans mes bras et le serre fort. Son cigare vissé dans la bouche, M. Moulard ferme la porte de son bureau. Pour éviter de nous mettre plus en retard, il m'a proposé de nous déposer en voiture chez nous.

Alexandre est ravi. Cet hiver, et jusqu'au tout début du printemps, nous avions eu un chauffeur pour nous emmener et nous ramener du collège. Un vrai, comme dans les films, juste pour nous quatre. Une vilaine histoire était arrivée aux oreilles de Soledad et Bernard : il se racontait qu'à Constantine, un jour d'hiver que des enfants français allaient à pied à l'école, ils avaient été la cible de boules de neige pleines de pierres et de lames de rasoir... Cette histoire était-elle relayée de foyer en foyer sans une once de vérité ? En tout cas, elle ne concernait pas notre communauté, mais compte tenu du climat de plus en plus tendu, elle effraya nos parents. La neige maculée de sang nous téléporta ainsi dans un taxi, durant de longues semaines bénies.

C'est aussi à ce moment-là que Bernard et Soledad ont commencé à parler ouvertement de notre départ. Jusqu'alors, Bernard envisageait de prolonger sa mission à Alger, pourquoi pas – il y a un très bon lycée français là-bas. Et puis, les altercations étudiantes, la pression sur les professeurs expatriés qui décident peu à peu de filer sous d'autres cieux, les restrictions d'eau et d'électricité chaque jour plus incommodes, l'ambiance délétère au travail, au marché, au café, à la télé ont poussé Bernard à demander un poste ailleurs, loin de ce pays qui de toute évidence « ne veut pas de nous ».

Dans la Peugeot 505 camel de M. Moulard, nous filons sans un mot, toutes fenêtres ouvertes. Nina Hagen nous accompagne – M. Moulard en est fan. À peine étions-nous montés à bord que le morceau « Unbeschreiblich Weiblich » nous accueillait. Ce retour est magique ! Les odeurs musquées du cigare, l'air fleuri, les guitares basses et M. Moulard, impassible, qui fait danser le bleu de ses yeux, imperceptiblement. Quand résonnent les premières notes d'« African Reggae », notre directeur se met à dodeliner de la tête. D'un coup, l'envie de rire nous envahit, Alexandre et moi, un rire de jubilation sur les yodels de la folle chanteuse berlinoise. Les effets loufoques du morceau nous électrisent. D'abord timides, nous nous laissons peu à peu gagner par le rythme – nous sommes à l'arrière, M. Moulard ne nous voit pas vraiment... Et puis qu'est-ce que ça peut faire, au fond ? En deux minutes, nous voilà déchaînés, beuglants, les bras en l'air, tandis que notre chauffeur d'un jour savoure son cigare, satisfait.

Sitôt arrivée, je file dans ma chambre, lance mon cartable par terre et m'étale sur mon lit. Ma porte est fermée – je ne veux voir personne. De la musique, tout de suite ! Je me relève, j'attrape mon Walkman. J'ai besoin de Joe Jackson. Avance rapide : la bande émet un petit couinement. Allez, plus vite ! J'appuie sur *play* : « Such a Shame » de Talk Talk. Non, pas envie. Encore un peu. « Once in a Lifetime » de Talking Heads ? Pourquoi pas. « Steppin' out » de Joe arrive juste après. Je monte le volume à fond, en serrant bien les écouteurs pour les plaquer contre mes oreilles. Quand Joe Jackson débarque, je vais à ma fenêtre et entame une course de fond. Je cours, je cours, je cours. Puis je tourne sur moi-même.

Ce morceau m'emporte, me secoue, me tire vers la lumière. Évidemment, le sens des paroles m'échappe, mais ça ne m'empêche pas de les crier : « *Now, the mist across the window hides the lines / But nothing hides the colour of the lights that shine / Electricity so fine / Look and dry your eyes*[1]. »

Quand, subitement, ce moment de défoulement s'arrête net.

Avec le recul de la fenêtre, avec la perspective éloignée, je découvre une nouvelle enveloppe posée sur mon bureau. Tout à la joie de mon concert privé, j'étais passée à côté.

Essoufflée, je ne ressens rien. Je suis vidée de toute terreur. J'ouvre machinalement.

Je hurle.

1. « Maintenant, la brume à travers la fenêtre dissimule les lignes / Mais rien ne peut camoufler la couleur des lumières qui étincellent / L'électricité si belle / Regarde et sèche tes yeux. »

Ma Latzari,

Merci de ta franchise, même si tu fais fausse route. Je ne réclame que de la tendresse, rien de plus. Au nom de quoi un père n'aurait-il pas le droit de partager de la tendresse avec sa fille ? Et qu'est-ce qui nous interdit d'être heureux, tous les deux ? Toi et moi ? La tendresse est charnelle aussi. On ne peut s'aimer de loin. Tu dois comprendre cela.

Tu es parfois si cassante, si impitoyable. En fait, tu ne m'aimes pas. Pour toi, je suis tout juste bon à rapporter des sous pour satisfaire tes petits caprices.

Même si je donne le change, au fond de moi, dans ma tête, j'ai souvent l'impression de tomber. J'ai peur, je me sens perdu. Cette lettre est mon cri que toi seule peux entendre. Je crois que ton âme de femme sera sensible à ma complainte paternelle, ma complainte d'amour.

Il faut bien comprendre que cela n'a rien à voir avec ta mère. Rien. Là, c'est de toi dont j'ai besoin. Tu apprendras que dans la vie, on a parfois besoin de s'appuyer sur d'autres personnes que sa femme ou son mari. Et ton papa, à l'esprit tourmenté, ne pourra respirer qu'avec la tendresse de sa fille.

Je t'en prie, ne me repousse plus.

Ta beauté continuera de m'envoûter, mais je le garderai pour moi. Ne sois pas naïve : les parents ne s'intéressent pas qu'à l'intelligence de leurs enfants. Je te rêve si parfaite.

Tu peux changer, moi non.

Dis-moi que nous nous embrasserons, demain, à la table du petit déjeuner ?

Ton pauvre papa qui t'aime.

Je referme *Antigone* de Anouilh. Une de mes pièces de théâtre préférées. Je la connais presque par cœur. Quand je m'y plonge, je suis Antigone et je me sens plus forte que tout. Le coup de poing dans le ventre que j'ai ressenti à la lecture de la seconde lettre de Bernard s'est mué en une rage que je suis allée puiser en elle.

Il est l'heure de dîner.

Des amis de Soledad et Bernard sont arrivés. J'entends leurs voix s'échapper de la petite terrasse, où ils prennent l'apéritif.

Je passe à la cuisine, boulotter quelques olives, quelques canapés, et me décide à venir les saluer. Julie et son mari, Antonin, sont là. Il est grand, très brun, beau, et calme, si calme qu'il m'ennuie, au fond. Il ne colle pas du tout avec Julie, si menue, si volubile. On ne peut pas la rater. Elle commente tout sans arrêt.

Ce soir, je m'en fiche.

Henri, mon professeur de flûte traversière, est de la partie, évidemment. Il est sans sa femme, comme souvent. Il est gentil. Je l'aime bien, avec sa grosse moustache qui lui caresse la lèvre supérieure, gonflée par des heures de flûte. Son épaisse tignasse souple lui donne des airs de savant fou. Dans la vie, il est professeur d'architecture à l'université de Constantine. Il est marié, mais aussi amoureux de Lena, la belle guitariste d'origine tchèque. Ils ne sont pas ensemble, mais il faudrait être la dernière des idiotes pour ne pas remarquer leur petit manège.

Ce soir, je m'en fiche.

Sont venus également Soraya et Reda, le couple de médecins constantinois. Je les admire beaucoup. Ils me rassurent. Ils racontent des histoires d'hôpital et d'une autre Algérie, qui me captivent toujours. Ils sont d'une grande douceur.

Ce soir, je m'en fiche.

Très vite, je m'assois en tailleur, en retrait, dans l'un des angles de la terrasse, à côté d'une plante aux larges feuilles tombantes.

J'observe, l'œil mauvais.

La grande porte-fenêtre est ouverte et laisse entendre le *Canon* de Pachelbel, l'un des grands classiques de la maison. Il souligne l'atmosphère d'une tonalité satinée, chic, avec le salon constellé de bougies. Il ne manque que les perruques blanches, les visages poudrés et les joues peintes en rose, et on pourrait se croire dans *Barry Lyndon*.

Soledad est ravie : elle vient de recevoir un cadeau. Une aquarelle censée représenter notre pinède, aux abords de

Constantine – là où nous nous sommes transformés en petits monstres d'argile.

Elle passe d'un convive à l'autre et s'époumone face à l'assistance réjouie :

— Quelle bonne idée ! Les couleurs sont incroyables ! On ne reconnaît pas tout de suite, mais une fois qu'on sait, c'est tout à fait ça…

Elle s'approche de moi et me montre fièrement sa toile.

— Regarde, voilà un souvenir unique de notre séjour ! Nous allons pouvoir l'emporter avec nous, dans nos prochaines aventures ! C'est formidable, non ?

Formidable ? Pas vraiment. Je ne reconnais pas du tout notre sous-bois, mais il paraît que c'était le but de l'artiste : l'œuvre est abstraite.

— Et c'est ça qui est beau ! On pourrait même la qualifier d'impressionniste…

Ben voyons ! Je devine vaguement la clairière – un sourire me vient, en repensant à notre danse grandiose dans la gadoue.

Ce soir, Soledad semble très touchée, sincèrement touchée. Si elle n'a pas la sincérité mondaine, si la maîtrise de ses bouleversements, de ses sensations, est son fier credo, elle a l'émotion non feinte, nature, quand elle le veut. Le regard plongé dans la toile, des trémolos dans la voix, elle explique qu'elle aime la délicatesse du trait, ces dégradés de verts…

— L'idée d'avoir ce morceau d'Algérie qui va nous suivre partout… Mon Dieu, je suis très émue !

Pas de larmes pour autant, pas de joues écarlates, ni la moindre trace de buée saline à fleur de pupilles, rien. Soledad ne pleure jamais, ou très rarement, ou bien toute seule. Toute seule, sûrement. Si les larmes viennent à monter, elle les chasse à grands coups de yoga, de « yoggi boubou », comme dit Bernard, qui se moque lourdement de sa pratique quotidienne.

Ils me répugnent. Tous.

Je pourrais m'isoler dans ma chambre. Pourtant je reste, comme pour me délecter du mépris qu'ils m'inspirent. Une prodigieuse aversion monte en moi tandis que je décortique leurs paroles, leurs parfums, leurs tenues, leurs expressions. Je n'écoute même plus leur conversation, ils ne sont que grimaces, bouches pleines, ouvertes, obscènes, gestes outranciers, taches sur les chemisiers, rouge à lèvres qui bave, rires gras. Le dégoût doit se lire sur mon visage mais personne ne me porte plus la moindre attention. Tant mieux.

Bernard est au centre, il parle de lui : il a vécu quelque chose d'épouvantable. Mon Dieu.

— Ce pays est effarant, et si vous voulez mon avis, il est grand temps de partir. Vous vous souvenez du problème avec M. Mouda, notre propriétaire ? Finalement, je n'aurai pas besoin de trouver une nouvelle maison avant de quitter Constantine. Mais lorsque vous saurez pourquoi, vous allez être horrifiés…

Il y a quelques jours, Bernard travaillait le « Slava v vychnih bogou » pour la prochaine répétition de la chorale, quand la sonnette de la maison a retenti.

Il interrompt subitement son préambule et se met à fredonner quelques notes de la partition. Voilà que l'assemblée le suit – les hommes bombent le torse, écartent les narines ; les femmes tendent leurs cous, écarquillent les yeux, remuent exagérément leurs bouches. On se regarde, on se sourit, satisfaits de cette rapide improvisation. Tous éclatent de rire.

Je contracte la mâchoire à m'en faire exploser l'émail des dents.

Bernard reprend son récit.

La sonnette a retenti à nouveau, répétitive mais aigrelette, comme si la personne avait des difficultés à enfoncer le bouton. Il a tendu l'oreille : une dernière salve poussive a confirmé qu'il y avait bien quelqu'un à la porte. Quand il a ouvert, l'homme qu'il a découvert face à lui l'a vidé de son sang.

— M. Mouda n'avait plus de visage. Sous son chapeau, il était couvert d'hématomes, jaunes, bleus, verts. On lui avait entaillé la lèvre inférieure, éclaté l'arcade sourcilière. Le sang avait à peine séché au coin de sa bouche...

Bernard était pétrifié, il n'arrivait pas à articuler le moindre mot. D'une voix éraillée, glaireuse, sortie d'une bouche entaillée sans doute de mille déchirures, M. Mouda a pris la parole, les mains jointes sous le menton. Signe de sa nervosité, il avait les épaules hautes, le visage contracté. La peur traversait son regard.

« Je suis vraiment désolé, monsieur Luma. Je me suis arrangé. Prenez votre temps surtout, je peux attendre votre départ. Toutes mes excuses, monsieur Luma. Allah est grand, et il veille sur vous. »

Bernard n'a pas entendu, n'a pas compris. Il fixait, abasourdi, le pauvre homme défiguré, sous la pluie. Son chapeau, de guingois, ne le protégeait pas, et les gouttes dégoulinaient sur ses tempes grises.

Face au regard épouvanté de son locataire, le malheureux s'est soudain raclé la gorge, a dégluti en grimaçant, et s'est fendu d'un sourire pathétique :

« Allons, monsieur Luma, ne faites pas cette tête. C'est impressionnant, je sais, mais j'ai eu de la chance. Je suis tombé sur des petits salopards qui ont voulu me dévaliser, et je ne me suis pas laissé faire. Voilà tout. Encore toutes mes excuses... Que Dieu vous bénisse, monsieur Luma, vous et votre famille. Mes hommages à votre épouse. »

M. Mouda s'est courbé très bas devant Bernard. Il est resté ainsi de longues secondes, puis s'est redressé et a trottiné péniblement jusqu'à sa voiture. Alors qu'il montait à bord, Bernard a remarqué un véhicule de police, garé juste de l'autre côté de la rue, moteur allumé. À peine M. Mouda avait-il mis le contact que les flics démarraient à leur tour et disparaissaient en tournant brutalement à l'angle du jardin.

Bernard est resté figé sous le porche. La pluie tintait sur le toit. Puis soudain, il s'est souvenu et a compris.

— Quelques jours auparavant, à l'aéroport, j'avais confié à mes collègues dans quelle galère je me trouvais à cause de mon propriétaire, « ce maudit M. Mouda ». Il y avait parmi eux des policiers, notamment Halim – un gars plutôt sympathique. Je me souviens qu'il m'avait dit quelque chose comme : « Ne vous inquiétez pas monsieur Luma, il y a toujours une solution. » Sur le moment, j'avais trouvé la remarque un peu facile – ce n'était pas lui qui allait devoir la trouver, la solution ! Eh bien, sur le perron de ma maison – la maison de M. Mouda –, j'ai mesuré ce qui venait de se produire, par ma faute…

Les convives sont ahuris, effarés, atterrés.

Personne ne réagit.

Cette épouvantable affaire amplifie ma rage. Et je respire maintenant à petites goulées, le visage contracté de fureur. Pauvre petit Bernard horrifié… Pauvre salopard. Armée d'un lance-flammes, je l'arrose, comme dans *Le Vieux Fusil*. Cette scène du massacre du personnage de Romy Schneider m'a marquée à vie. Et je suis subitement cette âme ignoble qui éradique sans émotion : les petits cheveux de Bernard, au bas de son cou, sont les premiers à griller. Ça sent la cochonnaille.

Soledad, en parfaite hôtesse de maison, ne peut laisser l'ambiance se plomber davantage. Elle fonce vers le tourne-disque pour lancer une autre musique :

— Le dîner va être servi, je nous mets un petit *Friday Night in San Francisco* pour patienter !

— Ah oui ! Excellente idée, Soledad.

— Et encore merci pour ce cadeau magnifique, hein, merci…

Et on se marre, et on se congratule…

Je les regarde, sidérée : comment peuvent-ils passer si facilement à autre chose ! Ils sont si légers, si inconséquents, si égoïstes ! Il n'y a donc que leur plaisir qui compte ? Ils me fatiguent tous autant qu'ils sont. J'abandonne le lance-flammes – il n'y en a pas un seul à sauver.

Mon attention se porte sur la plante à côté de laquelle je suis assise – j'évite ainsi de voir leurs visages écœurants. Une coccinelle trottine sur une tige vert pomme. Vite, un vœu. Rien ne me vient. Je ne me défais pas de leur conversation.

Julie est en train de parler de cigarettes.

— J'en fume une, de temps en temps. J'ai toujours fait ainsi. Je peux passer des jours entiers sans, et puis, lors d'un dîner, d'une soirée, hop, j'en grille tout un paquet.

Henri, la pipe au bec, lui lance avec un clin d'œil et un sourire bon enfant :

— La pipe, Julie… Rien ne vaut la pipe !

Ce qui provoque l'hilarité générale. Henri, gêné, bafouille innocemment :

— Mais non, voyons, enfin ! Vous n'êtes pas croyables…

J'entends Bernard. Qu'est-ce qu'il peut rire, Bernard.

Puis il raconte comment, lui, s'est sevré du tabac :

— Pas compliqué. J'ai choisi une date précise, et j'ai décidé qu'à compter de ce jour, je ne toucherais plus à la moindre clope. Deux mois avant, je l'ai annoncé à toute ma famille, mes amis, mes collègues. J'en ai fait plus qu'un challenge, une affaire d'État, un moment historique ! De sorte qu'arrêter est devenu une question d'orgueil, de parole et, même, de réputation. Et j'ai ré-us-si ! Eh oui, ça fait huit ans maintenant !

Soledad modère son enthousiasme :

— Les premiers mois ont été un vrai calvaire : il était d'une humeur massacrante ! Je priais chaque jour pour qu'il reprenne !

— Je reconnais qu'il a été très difficile de tenir le coup. Il faut savoir que j'allumais ma première cigarette avant même d'avoir posé le pied hors du lit…

— Une horreur ! renchérit Soledad. Bon, ça ne valait pas une de ses tantes qui allumait sa cigarette avec celle qu'elle allait écraser.

— Oui, c'est fou ! Je le reconnais, je n'y serais jamais arrivé sans Soledad… et sa patience ! Vive le « Yoggi boubou » !

Et ça rigole…

Mes tempes bourdonnent. Je lève les yeux et pose un regard glacial sur mon père.

J'ai envie d'en découdre.

Je glisse ma main dans la poche de mon sweat blanc et en sors le paquet de menthols. J'allume ma cigarette.

Soledad me voit la première. Elle en ferait tomber l'assiette de crudités. Elle se tourne vers Bernard qui ne tarde pas à sentir l'odeur. Il s'interrompt.

Il me voit.

Tout le monde s'arrête, médusé.

Et là, tout s'enchaîne très vite. Sans prendre la peine de poser son verre, Bernard fonce sur moi, se penche face à mon visage et me décoche une gifle monumentale qui fait valser la cigarette hors de ma bouche.

Je le regarde, imperturbable, sans même toucher ma joue. Même pas mal. Je me relève. Et cette tirade d'Antigone que j'ai toujours imaginée avoir été écrite pour moi sort d'un coup, sans effort, comme une évidence :

— « Quel sera-t-il, mon bonheur ? Quelle femme heureuse deviendra-t-elle, la petite Antigone ? Quelles pauvretés faudra-t-il qu'elle fasse elle aussi, jour après jour, pour arracher avec ses dents son petit lambeau de bonheur ? Dites, à qui devra-t-elle mentir, à qui sourire, à qui se vendre ? Qui devra-t-elle laisser mourir en détournant le regard ? »

Puis je quitte la terrasse, passant la tête haute devant cette bande stupéfaite d'imbéciles.

Soledad regarde Bernard, estomaquée :

— Mais enfin… Qu'est-ce que c'est que cette crise ?!

Allongée sur mon lit, les jambes croisées, les mains posées sur mon ventre, je respire. Tranquille. Mon visage est fermé, accroché au plafond où rien ne se dessine. Tout est vide. J'entends frapper à la porte. Je ne réponds pas. Soledad passe la tête, entre, referme la porte derrière elle. Je ne bouge pas. Elle s'approche et s'accroupit près du lit. Elle commence à me caresser les cheveux et murmure :

— Tu es folle, ma fille, tu es folle. Qu'est-ce qui te prend ?

Je ne frémis pas, le regard rivé au plafond.

— Ma fille… Ma grande fille… Tu es folle…

J'implore ma petite Vierge Marie. Je l'incruste dans le plafond blanc. Je me tourne vers Soledad, sans expression. Puis je m'assois, me lève et quitte la chambre.

— Où vas-tu ?

— Voir les petites…

Les petites sont en train d'écouter Anne Sylvestre. Marie lit son livre, assise sur son lit. Lili fait une grande sculpture de pâte à modeler. Je m'allonge sur le tapis au milieu des peluches. « Dis maman on joue / Dis maman on joue / On joue mais on joue à quoi / On joue à n'importe quoi. »

Je laisse les larmes chaudes couler, en silence. Marie pose son livre, vient s'allonger à côté de moi et glisse sa main dans la mienne.

L'heure du loup. Les volets sont ouverts et ma chambre est baignée de lune. Dans le clair-obscur de la nuit, je n'arrive pas à trouver le sommeil.

Je suis allongée à la surface des draps, comme une morte.

Tout me semble si oppressant, insurmontable. Je me demande comment je vais pouvoir trimballer ma carcasse dans les prochaines semaines. Chaque jour que Dieu fait m'écrase davantage, comme si une force maléfique me plaquait au sol. Mon grain de beauté s'est réveillé : il arrive qu'une douleur aiguë sur la plante de mon pied droit me transperce, au point de me couper le souffle. J'ai la sensation qu'une longue aiguille s'y enfonce, millimètre par millimètre. Je n'ai jamais compris, ni même cherché à comprendre. Il en va de cette douleur comme de mes nausées – elles m'accompagnent mais finissent toujours par passer.

J'ai beau retourner la situation dans tous les sens, je ne vois pas comment m'en sortir. La vie m'épuise. Ni la nuit ni le jour ne seront un refuge. J'ai l'impression que je pourrais prendre une décision, si seulement j'arrivais à ordonner mes pensées. Mais il faut se rendre à l'évidence : je suis dans un état de sidération totale. Dans *Le Littré*, j'ai lu : « 1 – *Terme d'astrologie.* Influence subite attribuée à un astre, sur la vie ou la santé d'une personne. 2 – *Terme de médecine.* État d'anéantissement subit, produit par certaines maladies qui semblent frapper les organes avec la promptitude de l'éclair ou de la foudre, comme l'apoplexie ; état autrefois attribué à l'influence malfaisante des astres. »

Et pourtant, elle tourne, semble-t-il...

Je me cogne aux murs, aux vitres comme un oiseau prisonnier, paniqué. Dans ma tête, je me heurte, déboussolée, au passé, au présent, à l'avenir.

Je reviens à ce matin d'automne où, en rentrant du collège, j'ai provoqué un accident. Au volant de sa voiture, un gars me reluquait en roulant à ma hauteur. Tout occupé à soi-disant me complimenter avec ses mots mielleux, insistants, il n'a pas anticipé le croisement et au carrefour, *paf !*, une voiture est venue s'encastrer sur son flanc droit. Tout de suite, j'ai pensé : bien fait pour sa gueule ! Et puis j'ai détalé comme un lapin.

Sur le coup, je me suis dit que j'avais des super pouvoirs. Mais la vérité est que non seulement je n'impressionne personne, mais pire encore, je provoque des catastrophes, j'abîme la vie des gens. Ma présence, c'est du gâchis. Mon existence, c'est du malheur. Je la méritais bien, cette baffe, tout à l'heure. Tout le monde l'a bien vu, parmi les invités :

je ne fais pas le poids. Je suis une idiote, une pauvre fille à la merci de Bernard.

Il n'y a pas de salut ? Foutaises, le salut. Il n'y a aucun salut. Pas pour moi, en tout cas. Il ne me laissera jamais en paix, jamais. Je suis piégée. Seule avec cette fatalité que je ne comprends pas. Qu'est-ce que c'est que cette brûlure épouvantable que je trimballe sans cesse depuis tant d'années ? Je croyais qu'elle disparaîtrait. Elle revient, encore et toujours. Et ma peur, mon courage n'y peuvent rien. Je tombe perpétuellement dans ce gouffre en flammes.

La pensée devient une ennemie, une fatigue supplémentaire.

J'appuie mes doigts sur mes tempes.

J'aimerais broyer ma cervelle.

Je pense soudainement à Bella. Que ne suis-je un animal. Une chienne innocente. Je revois pourtant mon père, quand il la contraint à s'asseoir et à rester en place, même si elle a envie de gambader. Juste parce qu'il l'a décidé. Soit il la bloque de sa main et n'écoute pas ses gémissements, soit il lui beugle un ordre, une fois, deux fois, trois fois, jusqu'à ce qu'elle s'exécute. Alors, la chienne le regarde par en dessous, soumise, et le museau pointé vers le sol. Il est le Maître. Il est celui qui règne sur elle. Je le surprends alors, jouissant du pouvoir misérable qu'il exerce sur cette pauvre bête. Ça me hérisse. Je trouve toujours un prétexte pour rompre l'envoûtement et la sortir de ses griffes.

J'ai terriblement soif. Je commence à masser mes tempes, puis à étaler mes paumes de part et d'autre de mon crâne. Écraser ma pauvre tête, interrompre toute pensée. Non seulement il me faut subir, encaisser, mais en plus je devrais raisonner ? analyser ? définir une stratégie ? « Heureux les pauvres en esprit… », disent les Évangiles. Je voudrais juste que tout cesse, qu'on me retire toute volonté, toute conscience, qu'on me libère et que rien de tout cela n'ait jamais existé. Je voudrais tout bêtement me désintégrer. « Souviens-toi que tu es né poussière et que tu redeviendras poussière »… Voilà, tout de suite, maintenant.

Je le sens, je le sais. Personne ne viendra me sauver, moi. Qui pourrait me sortir de ce bourbier fétide ? Il faut que je trouve une solution. Je suis la seule à pouvoir le faire. Je suis seule, et je le resterai.

Un bruit contre le carreau de ma fenêtre.

Un premier claquement que je ne comprends pas tout de suite, puis un second qui me sort de ma torpeur et un troisième qui me fait bondir sur mes pieds. Je me penche et je le vois dans la rue, sous le lampadaire à la lueur tremblante.

Gabriel, mon salut. Tout le poids inutile, injuste, de ma pauvre vie s'envole soudainement : il est là. Il est si beau, Gabriel, il est si grand. Comment avais-je pu le chasser de mon esprit ? Je ne suis plus seule. Je ne suis pas seule. Je ne le serai jamais.

Je traverse la maison endormie à pas de velours. Quelqu'un tire la chasse d'eau des toilettes. La porte s'ouvre. J'ai juste le temps de me cacher dans un recoin sombre du couloir : Bernard sort le sexe ballant et les fesses à l'air, le haut de son pyjama déboutonné.

Je retrouve Gabriel dans le jardin.

Pas un mot.

Nous nous embrassons, nous nous serrons l'un contre l'autre, puis nous embrassons de nouveau. Il me caresse le visage ; je l'embrasse sur chaque œil ; il fait glisser sa bouche le long de mon cou, devant, derrière, tout autour. La douceur de sa bouche me décolle du sol. Bercée dans ses larges épaules, je fais courir mes mains sur sa nuque – ses cheveux sont si doux. Nous attrapons à nouveau nos lèvres, nous nous dévorons, encore et encore. Il faut que cet instant dure toujours. Je sens mon cœur battre entre mes jambes. Nous finissons par nous respirer, collés l'un à l'autre comme si nous allions disparaître l'un dans l'autre. Doucement, nos souffles s'apaisent…

La joue calée sur la poitrine de Gabriel, je regarde la lumière du réverbère qui passe à travers les grilles du jardin.

— C'est bien que tu sois là…

Quitte à être une imbécile, autant être une imbécile heureuse.

En arrivant au collège ce jour-là, les élèves comprennent qu'il se passe quelque chose de grave. L'ambiance est lourde. Toute la partie droite de l'école a été condamnée : nous n'avons pas l'autorisation de monter aux salles qui donnent sur la coursive. Dehors, le silence nous saisit, et sans trop savoir pourquoi, nous chuchotons. Je remarque que de l'eau coule depuis le balcon interdit et glisse tout le long du mur.

Quand commence le cours de maths, je pose mon front contre la fenêtre et observe l'aile d'en face. Il y a des va-et-vient constants dans l'une des salles de classe – celle qui est la plus à gauche, près de l'escalier. Des gens s'activent, avec une certaine fébrilité. Les rideaux ont été tirés à la va-vite, mais je peux deviner qu'on a allongé un corps sur plusieurs tables accolées. Il y a des pieds qui dépassent. Soudain des cris, des pleurs, des plaintes déchirent les murs, les vitres, tout l'espace de l'école. M. Parrière arrête la course de sa craie sur le tableau. Il se retourne et, dans un même mouvement, les élèves regardent tous vers l'extérieur. Plus rien ne bouge, chacun retient son souffle, suspendu à l'inquiétude.

Une femme voilée sort de la classe, un grand seau à la main.

Des chants résonnent.

Alors je comprends. Quelqu'un est mort, dans la salle d'en face, de l'autre côté de la cour, à quelques mètres de moi. Et cette eau qui se déverse jusqu'en bas, qui scintille sur le mur baigné de soleil, c'est l'eau du défunt, celle qui nettoie le corps... Mes yeux suivent à nouveau le fil de l'eau, et s'arrêtent au pied de l'un des platanes. À côté du tabouret, je vois son bâton appuyé contre le tronc.

Le gardien est mort.

Mes yeux s'embuent de larmes dans la minute. Un nouveau cratère s'ouvre sous mes pieds. Je mesure brutalement à quel point l'existence de cet homme m'enveloppait. Et dans ce noir couloir que je traverse depuis quelques jours, je le plaçais sans m'en rendre compte parmi les petites lueurs, au loin, qui me permettaient de ne pas trébucher.

Je tombe, sans fin. Je cligne des yeux pour continuer à suivre cette eau qui s'en va mourir dans une rigole de la cour. Je ressuscite cet homme si secret au pied de son arbre et détaille chaque pli de ses vêtements, le drapé de son chèche. Et je me revois, appuyée contre le mur, écrasée par mon fardeau, face à lui, qui ne me lâche pas du regard. Je repense à ses longs doigts faisant tournoyer son bâton de pèlerin. Je suis certaine qu'il me souriait. Dans ses yeux, je lisais la certitude que rien n'est grave, que tout passe, qu'il faut vivre envers et contre tout.

Mais voilà qu'il n'est plus ; et pour l'heure, je blâme le cruel destin, Dieu, Allah, qui entravent ma route d'une adversité de plus.

Il n'y a donc aucune trêve ?

Le front aplati contre la vitre à m'en faire blanchir la peau, je tombe encore. Et je m'accroche de toutes mes forces pour me retenir.

Nous n'aurons cours que le matin, aujourd'hui. Les femmes ne cesseront de pleurer, de crier, de gémir, pendant que des chants d'hommes vibreront jusqu'à la tombée de la nuit. Avant de rentrer à la maison, j'ai attendu l'une des femmes chargées de remplir le seau d'eau claire, pour lui demander quand et où serait enterré le gardien. Elle n'a pas hésité un instant à me donner tous les renseignements pour me rendre aux obsèques.

Le jour dit, Gabriel et moi marchons d'un pas décidé. Silencieux. L'heure est grave. Nous longeons le mur du cimetière Ibn Badis, lorsque deux hommes nous prennent à partie depuis le trottoir d'en face. L'un d'eux lève les bras en l'air, en criant en arabe. Nous nous tournons vers eux. Ils ont l'air de nous reprocher quelque chose. Ce n'est pas ma tenue, j'espère ? Je porte une jupe longue en velours bleu marine, un chemisier et mes petites ballerines noires. J'ai noué mes cheveux en une queue-de-cheval basse. Quoi ? Faudrait quand même pas que je sois voilée, si ? Depuis que nous vivons ici, jamais, au grand jamais, personne ne me l'a demandé. Ils me gonflent sérieusement, ces types ! Peut-être ne sommes-nous pas autorisés à nous trouver près du cimetière musulman. Je n'en sais rien, ça m'est égal. J'attrape la main de Gabriel et commence à courir, plantant les deux barbus. Notre course folle nous conduit devant la grille en fer forgé de l'entrée. Je ne me pose pas la question de savoir si ma présence est un blasphème, je m'engouffre dans le cimetière et trouve juste à deux pas un bosquet où nous cacher. Ici, personne ne viendra nous agresser, et nous ne faisons pas de mal.

Le cœur dur, les mains agrippées à ma feuille de papier, je fixe la porte ouvragée grande ouverte. Les minutes semblent interminables avant que résonnent, au loin, les voix d'une petite foule scandant des prières en arabe. Je suis dans un état second. Je me laisse porter par cette transe. Je sais qu'il fait beau et que Gabriel se tient juste derrière moi, à peine en retrait. Le reste ne m'importe guère.

Un groupe d'hommes entre dans le cimetière, portant le corps enveloppé de tissu blanc posé sur une civière. Nous les regardons s'éloigner dans les allées, suivis du cortège, avant que s'élève l'appel à la prière et que les muezzins de Constantine entament leur céleste canon.

La veille, j'ai préparé mon chant d'adieu, avec un passage de l'Ancien Testament. Je me redresse, solennelle, sans trembler, et laisse le sacré me traverser :

— Lecture du livre de Job : « En ces jours-là, Job prit la parole et dit : Je voudrais qu'on écrive ce que je vais dire, que mes paroles soient gravées sur le bronze avec le ciseau de fer et le poinçon, qu'elles soient sculptées dans le roc pour toujours : Je sais, moi, que mon libérateur est vivant, et qu'à la fin il se dressera sur la poussière des morts ; avec mon corps, je me tiendrai debout, et de mes yeux de chair, je verrai Dieu. Moi-même, je le verrai, et quand mes yeux le regarderont, il ne se détournera pas. »

Je prends une longue respiration, calme, sans quitter des yeux l'allée désormais vide que le corps du gardien vient d'emprunter. Et je fais une promesse à cet homme. Je lui dois de rester debout et de faire face. Je lui dois, à lui qui maintenant se tient devant Dieu, de croire en ma rédemption et en ma fortune. Je le garde ainsi dans ma lumière du bout du tunnel.

Ni la douleur, ni le dégoût, ni la tristesse, ni l'abandon, ni la brutalité, ni l'injustice, ni l'incompréhension, ni personne au monde n'auront raison de ma joie.

Ce jour-là, je sais que je n'aurai plus d'autre choix que d'affronter mon destin avec la force d'une lionne.

Je me tourne vers Gabriel, sans un sourire. Son regard est intense. Il semble gagné d'une émotion qui le dépasse.

Sans le moindre son, il articule « je t'aime ».

De notre maison s'élève la flûte de Pan de Gheorghe Zamfir et l'orgue de Marcel Cellier. Les parents sont sortis et j'ai monté le son.

« Jocuri Din Banat (Deux danses du Banat) ». Nous dansons tous les quatre sur l'immense tapis du salon. En cercle, nous avançons les uns derrière les autres, en ligne, tels les Peaux-Rouges de nos westerns. Nous tournons sur nous-mêmes, sans parler, sans échanger un regard, dans une danse du feu invoquant les esprits. Lili soulève ses petits pieds et les décolle du sol de plus en plus vite, en poussant des cris. Explosion de rire générale. Nous l'imitons. Nous crions, nous exultons, puis j'attrape les mains des petites et nous entamons une ronde, courant à toute vitesse jusqu'à nous écrouler au sol.

Je ne comprends pas tout de suite ce qui se passe.

La première secousse se confond avec nos sauts. Puis la seconde, tout à fait significative, me stoppe net. En une fraction de seconde, Alexandre se plaque au sol et crie :

— Un tremblement de terre !

Je saisis les petites par les bras, et nous plongeons tous les quatre sous la table de la salle à manger. J'essaie de blottir mes trois frère et sœurs sous mes ailes et de les rassurer.

— Il ne peut rien nous arriver…

La pièce vacille et un grondement envahit l'atmosphère.

— Ne vous inquiétez pas…

La secousse dure quelques secondes, une éternité.

— Je suis là… Il ne vous arrivera rien…

Je me convaincs. Je suis terrorisée, mais je n'ai pas le droit de l'être.

Et puis, c'est fini. Personne n'ose le moindre mouvement.

Recroquevillés, les enfants attendent, le visage enfoui sous mes bras, dans mon cou. Quand enfin je leur dis que c'est terminé, je m'assure que tous vont bien, que la peur s'est envolée.

Le téléphone sonne. Soledad prend des nouvelles.

— Oui ? Maman, oui. Tout va bien. On a eu peur, évidemment. Super peur, même. On s'est réfugiés sous la table de la salle à manger, oui, comme j'ai appris au collège ! Non, il n'y avait rien dessus. Pourquoi tu demandes ça ? Ah ! Non, non, y a pas eu de casse. Le plus impressionnant de tous, je suis bien d'accord. Oui, oui, on va se coucher. On dansait. Zamfir. Je laisserai une petite lampe allumée. Et vous ? Vous avez fait comment ? Vous avez ri ? Ah, d'accord… C'est fou d'avoir ri, non ? Nerveux. Je comprends. Moi j'ai pas ri du tout. Bon, mais c'est fini maintenant.

Ouf ! Ah oui, tu entends, oui, je souris ! Ben je me sens soulagée, forcément. Ça ne reviendra pas, hein ? Si ? Non ? Tant mieux. Oui, je l'entends derrière toi. Bonne soirée alors. Mais oui, on éteint vite. Enfin, moi j'attends Béatrice.

Elle a raccroché trop vite et n'a pas entendu mes derniers mots. Nous sommes sains et saufs, c'est l'essentiel.

Je reste assise par terre, dans la pénombre de la chambre des petites, Alexandre à mes côtés. Nous avons promis aux filles de rester jusqu'à ce qu'elles s'endorment. Nous respirons lentement. Je ressasse encore et encore le plan de bataille que j'ai mis en place en rentrant des obsèques du gardien, et que je compte exposer à Béatrice tout à l'heure. J'observe mon petit frère, mes petites sœurs. J'ai tant de tendresse, tant d'amour pour eux. Et ma détermination n'en est que plus forte.

Je n'ai pas laissé la veilleuse. De toute façon, la lueur de la rue traverse les persiennes. Chaque forme des objets de la chambre se distingue nettement, si bien que les filles peuvent voir leur grand frère et leur grande sœur, vigiles protecteurs, appuyés contre le mur de la porte d'entrée. Aucune crainte. Elles finissent ainsi par plonger sans peur dans leurs rêves. Je peux quitter la chambre tranquille. Alexandre file devant l'ordinateur.

Béatrice tarde à venir ; j'espère que ses parents n'auront pas changé d'avis, avec cette secousse. Non, elle viendra. Les tremblements de terre sont si courants en Algérie qu'ils ne font peur qu'aux enfants.

Assises en tailleur sur le toit terrasse, Béatrice et moi, nous dégustons la chorba de Fatima. Sous les étoiles.

Fatima est une reine. Sa soupe est brûlante, mais après avoir longtemps soufflé sur la cuillère, nous aspirons du bout des lèvres le divin breuvage. Le ciel ressemblait à la chorba tout à l'heure, rouge comme la tomate et le piment, orangé comme le curcuma. Maintenant il s'est paré de millions de points lumineux et nous ne sommes pas dignes de lui, toutes recourbées sur nos assiettes posées au sol, et nos bruits de bouche épouvantables.

— Remarque, en mangeant cette chorba, nous ne sommes pas si loin de mimer la prière à Allah. On se penche jusqu'à nos genoux, puis on se redresse, pour de nouveau se plier en deux..., fait remarquer Béa.

— C'est ça ! Nous nous prosternons devant elle ! Amen Fatima ! Amen la chorba !

Très rapidement, je lui explique comment je compte m'y prendre pour assurer ma survie. Mes résolutions vont remiser à jamais la folie dans la poubelle à cauchemars.

— Tout d'abord, je ne dirai pas un mot de tout ça à ma mère. Si je parle, elle quittera mon père, c'est sûr. Ce serait comme larguer une bombe sur ma famille. Imagine, mes frangines, mon frère ?! Non, c'est impossible. Je dois veiller sur eux…

Slurp, slurp.

— Attends, je pige pas, réagit Béatrice. Moi-même, j'ai du mal à ne pas en parler ! Ça pèse trois tonnes dans ma tête. La parole donnée à une meilleure amie, c'est sacré… Mais c'est dégueulasse tout ça, tu trouves pas ? Et puis, on ne sait même pas s'il a compris, le paternel ?

— Ben non, on ne sait pas.

— Même si dans sa seconde lettre, il a l'air de faire machine arrière, non ?

Slurp, slurp.

— Je l'espère, je ne peux que l'espérer. Mais Béa, tu dois être une tombe. C'est clair ? J'ai besoin de toi pour penser et passer à autre chose. D'autant que ma seconde décision, la plus importante, me sauvera définitivement.

Béatrice pose sa cuillère. Je ménage mon effet.

Je me tais. Je la laisse mariner.

Elle me supplie, les mains jointes en un geste de prière et pousse un petit gémissement mi-amusé mi-exaspéré.

— Béa, c'est simple : en pleine préparation du brevet, les parents vont partir à Tamanart, en me laissant deux jours seule pour que je révise. Tu vois où je veux en venir ?

— Non, je ne vois pas… Mais ton petit air, là…

Elle écarquille les yeux.

— La voie royale pour glisser Gabriel tout contre moi.

Elle pousse un cri et bascule à la renverse, faisant valser sa chorba.

Je savais que ça lui plairait.

Je préfère le cacher à Béatrice, mais, depuis le coup de la cigarette, Bernard ne décolère pas contre moi. Tout dans son attitude traduit une colère sourde. Tout est prétexte à m'oppresser. D'abord, l'« affaire *Grease* ». Au Centre culturel, le film était projeté à peine une semaine. Et bien entendu, il n'était pas question de le rater : toute ma petite bande s'est précipitée à une séance en séchant les deux premières heures de cours d'un mercredi matin. Bernard m'avait formellement interdit de voir le film, arguant, glacial, qu'il s'agissait d'une « merde sans nom », et j'ai obéi. Il a tout de même téléphoné au Centre culturel et au collège pour s'assurer que j'avais respecté ses ordres. Une entaille de plus, aussi anodine soit-elle, à mon amour-propre.

À Tamanart aussi, il s'est énervé d'un coup, comme si ma présence lui vrillait les nerfs, comme s'il fallait me mettre à terre, me terrasser encore et encore…

Ce week-end-là, je suis d'une humeur massacrante. Aucun membre de la bande n'est venu et Gabriel me manque. Bernard m'a calé un cours de flûte traversière avec Henri, que j'ai totalement oublié. Aussi, quand je les aperçois, le flûtiste et sa Lena chérie, tous les deux, côte à côte, mes épaules s'avachissent. Je soupire et baisse la tête. Je m'avance, l'air renfrogné. Je n'ai aucune, mais alors aucune envie de prendre un cours de flûte maintenant. De toute façon, je n'ai rien envie de faire du tout. Je me poste mollement devant eux, leur marmonne un bonjour peu amène. Soledad s'affaire devant sa machine à coudre, elle boit son dixième thé de la journée. Je sens Bernard dans mon dos. Il me suit partout, et je devine son irritation grandissante. Me voir traîner la patte l'horripile – devant Henri et Lena, encore plus. La mâchoire crispée, il claque soudain dans ses mains.

— Latzari ! Tu te redresses, tu souris et tu vas prendre ton cours ! Respecte les gens qui sont là pour toi, nom de Dieu !

Je maugrée, dans mon menton.

— Ça va, c'est con, j'avais juste oublié…

— Pardon ? C'est quoi ? Qu'est-ce que tu as dit ?

Il me met au défi, ouvertement.

Je plante mon regard dans le sien, autoritaire et implacable. J'hésite à remettre le couvert de la révolte. Il m'impressionne toujours, mais il est hors de question de lui laisser avoir le dessus. Ça se bouscule dans ma tête.

Henri se lève, passe son bras autour de mes épaules et, avec son incomparable bonhomie, m'entraîne vers le bungalow. Bernard nous lance alors un « Au travail ! » triomphant.

L'heure de cours se passe.

Les adultes se retrouvent pour prendre leur café sous les arbres. Je viens me servir un verre de limonade et m'assois sur le hamac, en attendant une ouverture pour demander la permission de m'échapper, d'aller me baigner. Au moins ça.

J'observe.

Je saisis le désir entre la belle Lena et ce cher Henri. Ils sont curieux, tous ces adultes, avec leurs petits jeux. Mais je n'arrive pas à succomber au charme de leur humeur lascive, et de leur bonheur dégoulinant. Je ne sens que trop les yeux collants de Bernard sur moi, et mon gosier s'assèche malgré la limonade. Il a le rictus mauvais. Fuir. Je saute sur mes deux pieds, virevolte dans ma robe à fleurs, pour aller enfiler mon maillot de bain.

Je crie un peu trop fort, en faisant voler ma serviette de plage :

— Qui vient avec moi ?

Lili lâche ses crayons et se précipite pour me suivre.

Soledad fait son inspection rituelle. Bernard s'en mêle. « Promis, on restera sous les arbres » ; « promis, on mettra de la crème » ; « promis, ce sera juste un plouf et on ne restera pas longtemps ». Promis, promis, promis. Son visage est tendu, et puis son ton coupant, ses exigences aiguës, déplacées, inutiles. Il passe ses nerfs sur moi. Soledad le dévisage, lui coupe la parole pour nous redire de bien rester à l'ombre.

Elle protège ses enfants, Soledad.

— Marie, tu veux venir ?

En guise de réponse, Marie passe son bras par l'ouverture du drap-cabane et brandit le *Club des cinq* qui lui tient compagnie. Elle finira bien par nous rejoindre, plus tard.

Je suis certaine que Bernard me regarde m'éloigner.

Tout se passe dans les interstices d'une fausse vie. Je veux croire qu'il va être chouette, normal, et puis dans ces petits moments, mon âme s'effondre. Quoi qu'il en soit je n'ai pas d'autre choix que de croire éperdument qu'il n'osera plus, et que le temps à présent va s'évertuer à transformer cette saloperie en mauvais rêve.

Je suis une amazone.

Plus tard, sur la plage, en regardant ma Lili sauter dans les vaguelettes translucides, je suis prise d'une troublante nostalgie. La plage est quasi déserte. Toujours le fou, bien entendu, qui me rassure. Pourtant, un avant-goût de fin envahit l'espace, et cette sensation de crépuscule grandit à mesure que les adultes la commentent, maintenant quasi quotidiennement. L'inéluctable achèvement se dessine sous les lauriers-roses. Assise en tailleur, sans quitter des yeux ma sœurette, je triture le sable tiède, et je prends la mesure de tout ce qui s'en va. Il n'y a pas que la fatale morsure paternelle qui m'écrase, il y a tout ce qui ne sera plus.

Je pense à Jacques Brel que Bernard aime tant, et particulièrement à cette chanson si mélancolique « On n'oublie rien ». Je la chantonne intérieurement « On n'oublie rien de rien / On n'oublie rien du tout / On n'oublie rien de rien / On s'habitue, c'est tout. »

Je n'ai aucune envie de m'habituer.

Quand je remonte de la plage, les adultes parlent à nouveau de ce bon vieux temps qui s'échappe. De toutes ces fêtes, de toutes ces danses, de leurs folies légères. Ils revivent ensemble leurs souvenirs heureux. Ils encapsulent leur Constantine, leur Algérie qui semblent se déliter sans qu'ils puissent rien y faire. Ils doivent partir, la mort dans l'âme certes, mais ils n'ont plus le choix. Quelque chose arrive, quelque chose de terrible, ils le sentent bien.

Je m'allonge dans le hamac, je m'y enfonce, le visage au ciel. J'écoute, j'imagine.

Henri raconte une scène dont il a été témoin quelques jours auparavant. Il s'en souvient d'autant plus que ce matin-là, le muezzin avait quelques problèmes avec sa bande enregistrée.

Je souris dans le bleu infini des cieux et me revois chanter le *Allahu Akbar* sur la terrasse avec Alexandre. Nous nous sommes époumonés et nous avons ri à nous en faire des crampes au ventre.

Henri avait quitté la maison au son de cette prière éraillée qui apportait un peu de légèreté, un peu d'absurde, à sa journée.

— En arrivant à hauteur de l'université, je remarque des voitures de police garées de part et d'autre de la chaussée. Calés contre les véhicules, les policiers regardaient en direction des bâtiments de l'université, comme au spectacle...

Henri tourne la tête et distingue alors deux groupes d'étudiants en train de s'affronter : d'un côté des barbus en djellaba, de l'autre, de jeunes hommes sans signes religieux. Encore une nouvelle campagne de guérilla, menée par une poignée de militants islamistes exaltés. Ces partisans de la violence cherchent à diffuser leurs idées auprès des musulmans, dévoyés par un siècle de colonisation, et de tous ceux qui ignorent les préceptes de leur islam.

— Ces actions ont valeur d'exemple, mais vous verrez, toute cette colère pourrait dégénérer très, très fort si personne ne s'en préoccupe… Les flics n'ont pas bougé d'un millimètre – ou plutôt si : pour me faire dégager de là !

Quel scandale, cette police qui ne fait rien ! Les adultes sont unanimes : à Constantine comme ailleurs, les affrontements sont devenus presque quotidiens, les frictions constantes. Henri se dit las des pressions qui s'exercent à l'encontre des professeurs :

— La direction m'a convoqué, il y a peu, pour me demander de ne pas noter au-dessous de la moyenne. On m'a dit, textuellement : « Si vous pouviez ne pas noter au-dessous de 12, ce serait plus qu'apprécié, voire même conseillé. » Je refuse ! Je forme des architectes – pas question de me livrer à ce petit jeu lamentable ! Ils veulent nous virer ? Ils veulent que les expats s'en aillent ? Ils vont y arriver.

Autour de la table, tout le monde garde le silence. La fumée de la pipe d'Henri forme une nappe en suspens dans l'air chaud.

— On va devoir déguerpir plus vite qu'on ne le croit... Bernard, tu as raison de partir avec ta famille. Les extrémistes grignotent du terrain, les jeunes grondent et personne ne les entend. Les gens n'en peuvent plus. Le verrouillage de la société, la corruption du pouvoir, les richesses qui s'échappent... Je crains que la population se fasse dévorer par l'ombre. Et nous, nous serons déjà loin.

— Mais il faut bien noter, Henri, que par ailleurs, les islamistes ont un discours social, renchérit Bernard, c'est ça, leur atout ! Ils impliquent la jeunesse, offrent des alternatives, des moyens... Le système vicié, la dépossession des masses leur ouvrent un boulevard.

— De quelles alternatives parles-tu ? demande Lena, avec son petit accent aux « r » roulés. C'est joli.

— La population subit, elle est dans une survie quotidienne. Les coupures d'électricité auxquelles nous sommes soumis chaque jour sont une goutte d'eau dans l'océan des difficultés qu'elle traverse. Une aubaine pour les islamistes. Ils mettent en place des actions caritatives, au travers d'associations de quartier. Ils sont sur le terrain quand les dirigeants l'ont déserté. Et cette écoute, pour la plupart des familles, est actuellement plus importante que la violence, la fermeture, la radicalisation sous-jacentes, et qu'une frange de la jeunesse progressiste tente de dénoncer...

Bernard est intarissable quand il s'agit de parler politique.

Mais Henri a aussi d'autres idées en tête. Il veut savourer le sourire de Lena, sa gracieuse guitariste aux yeux de chat.

Il se contente donc de l'explication de Bernard et, sans relancer la conversation, demande à son amie :

— Joseph est en colloque à Annaba, alors ?

Lena lui sourit sans répondre.

— Alice va rester un peu à Paris. Sa mère se sent mieux, fort heureusement, mais elle préfère lui tenir compagnie quelques jours encore.

Lena sourit toujours.

Je les épie en ne laissant dépasser qu'un œil par-dessus le tissu du hamac. Je pense : ils vont faire l'amour.

Faire l'amour…

C'est le grand jour.

Plusieurs sacs sont entreposés au milieu du salon. Soledad va et vient dans la maison. Elle monte, elle descend, attrape une veste, remplit une bouteille d'eau, s'arrête, réfléchit, saisit une serviette dans le panier de linge propre.

— Bernard ! Où est ton attaché-case ? J'ai besoin de timbres ! Alexandre, prépare tes affaires ! Marie, sors la tête de ce livre ! Lili ? Elle est où, Lili ?

Dans le tourbillon de leurs préparatifs, Soledad cavale à droite à gauche pendant que je travaille sur la table de la salle à manger, mon casque à moitié calé sur les oreilles – j'en ai dégagé une, au cas où. En écoutant ma cassette d'Indochine, j'ai étalé devant moi tous mes cahiers de classe.

Soledad continue son ballet à l'intérieur de la maison. En haut, en bas, en haut, en bas. Elle monte, mais cette fois ne redescend pas.

— C'est bon, Bernard ! Je l'ai trouvé !

Bernard est assis sur une des chaises, Lili sur ses genoux.

Je relève le nez de ma fiche bristol : pour le brevet, je m'applique, avec mon écriture ronde, bien liée, régulière et posée. Je jette un œil furtif vers lui. Je pose brusquement mon stylo plume. Bernard a les yeux dans le vague et la bouche crispée.

Mon signal d'alarme s'enclenche instantanément.

Lili est à cheval sur ses cuisses, appuyée contre son torse, face à moi. Elle fait des figures avec son élastique et y entremêle ses doigts, les écarte, les relâche, avec une dextérité folle. Fière, elle brandit son œuvre au-dessus de sa tête, à hauteur des yeux de Bernard, pour qu'il puisse l'admirer. Mais Bernard est loin, tandis qu'il lui caresse les cheveux. Ses mains courent maintenant de sa tête à ses cuisses découvertes.

Tout en manipulant son élastique magique, Lili balance ses jambes et fredonne « La Baleine bleue » de Steve Waring :

— « La baleine bleue cherche de l'eau / pour déboucher tous ses tuyaux / Eau eau eau... / Eau H_2O... »

Les mains de Bernard remontent doucement, imperceptiblement, sur les cuisses de Lili, qui ne cesse de faire et défaire avec une rapidité ahurissante sa ficelle enchantée.

Je me rue hors de ma chaise et fonce sur ma sœur. Sans même en avoir conscience, j'entonne quasi en vociférant, le refrain de « L'Aventurier » :

— « Et soudain surgit face au vent / le vrai héros de tous les temps / Bob Morane contre tout chacal / L'aventurier contre tout guerrier ».

Je saisis Lili par le bras et l'arrache à l'étreinte de Bernard, puis l'entraîne à travers le salon, pour danser. Bientôt, je lance une farandole à laquelle se joignent Alexandre et Marie et qui se poursuit dans le couloir du bas.

Bernard sort de son hébétude.

— Vous allez vous calmer, oui ? Vous me fatiguez…

Soledad descend des chambres et nous lui tournons autour, beuglant à nous en déchirer la gorge. Pourtant, elle reste plantée là, au milieu du couloir, pâle, presque fantomatique.

Nous repartons en chenille dans le salon. Soledad s'avance et se tient dans l'encadrement de la porte. Bernard est toujours assis, dos à elle. Elle ne bouge pas, et reste juste derrière lui, à bonne distance. Il a posé ses avant-bras sur ses genoux, baissé la tête vers le sol. Ses épaules se soulèvent, redescendent dans de bruyantes inspirations et expirations rapprochées.

— Bernard ? dit Soledad.

Il se retourne.

— Oui, oui, j'arrive…

Il se lève d'un bond et s'en va à petites foulées vers sa chambre.

— Les enfants, dans une demi-heure maxi, on est partis !

Sandrine, Térésa, Béatrice, Gabriel, Marek et Pawel, Julien et même Jérémie… Ils sont tous là. Sur la petite terrasse, nous sommes installés devant une énorme plâtrée de pâtes avec du gruyère râpé, entourés de bougies disposées sur les murets et au sol. Il fait chaud. Nous buvons de la *Gazouze* à l'orange et au citron.

Dans toute la maison résonne « Everybody Wants to Rule the World » de Tears For Fears. Nous fumons ou, plus exactement, nous crapotons tous avec beaucoup de sérieux.

Sandrine est en pleine confession. Elle n'est pas très en forme en ce moment. Elle angoisse et elle n'arrive pas vraiment à se l'expliquer. Je ne comprends pas ce qu'elle dit. J'essaie d'y voir plus clair. Que se passe-t-il exactement ? Rien. Il ne se passe jamais rien de particulier.

— Tout le problème est là. Ma vie est juste parfaitement parfaite de perfection perfectible.

Me voilà perplexe.

— En fait, j'en ai marre, les filles. Vous, vous avez toutes des problèmes, des situations compliquées à affronter. Entre Latza qui doit tout le temps s'occuper de son frère et de ses sœurs, Térésa qui n'a pas de chambre à elle et qui dort avec ses parents qui s'engueulent tout le temps, Olivia qui est pauvre…

— Hé ! Heureusement qu'elle n'est pas là, sinon elle t'étranglerait…

— C'est bien pour ça que je me le permets, Latza… Moi en revanche, rien. Je n'ai pas de problèmes. Et c'est ça, le truc. Le problème, c'est que j'en ai pas, de problèmes. Vous pigez ? En fait, je vous envie. Vous avez des tas de choses à raconter, du coup. Et moi quoi ? Rien, que dalle, macache, walou ! C'est super déprimant.

Les garçons ont abandonné la discussion depuis un moment déjà. Les filles, avec leurs analyses, les fatiguent. Ils jouent à la coinchée, un dérivé de la belote.

Je prends Sandrine dans mes bras. Béatrice souffle, exaspérée.

— Elle est grave cette fille, franchement, marmonne-t-elle.

Je lui lance un regard réprobateur, tout en m'adressant à Sandrine.

— Ben, tu vois qu'en cherchant bien, t'en as, des problèmes, Sandrinette…

C'est alors que The Cure débarque avec « The Love Cats ». Je me lève et saisis les mains de Sandrine pour l'entraîner sur la piste, en scandant « Paparapapapapapapapapapapapa para ». Julien me signale qu'il n'y a plus rien à boire sur la terrasse. Le pouce en l'air, je file en cuisine, alpaguant Gabriel au passage. « Paparapapapapapapapapapapapapara ».

Nous arrivons dans la cuisine ; j'entre la première, tirant mon amoureux ; il parvient difficilement à me suivre tout en gesticulant. Soudain, je stoppe, net, me retourne et lui offre mon plus beau sourire. J'imagine, vu son air, qu'il me trouve délicieusement folle. J'adore cette sensation.

— J'ai un truc très important à te dire, Gabriel…

Je ne prends pas un air mystérieux. J'ai les yeux qui brillent, une moue gourmande, et un sourire plus grand que la terre. Cela dit, j'ai les mains moites. J'ai beau accrocher mes zygomatiques au lustre, je suis fébrile.

— Il faut que je m'asseois ?

Je m'approche, entoure sa taille de mes bras. Qu'est-ce qu'il est grand !

— Tu sais ce que j'ai dit à Béa, l'autre jour ?

Je prends un air faussement ingénu. Il a envie de rire, de me pincer les joues, de me mordiller l'oreille, de me chatouiller les pieds, c'est sûr.

— Ben non, bien sûr que non, tu ne sais pas ce que j'ai dit à Béa, l'autre jour…

Malicieuse, je laisse planer le mystère, tandis que je joue avec le bouton de sa chemise.

— Alors… j'ai dit… à… Bé… a…

Et très très vite, comme si le fil de ma voix avait été accéléré :

— … que nous allions faire l'amour !

Et hop ! Les yeux tout ronds, une main plaquée sur la bouche, je recule d'un pas comme si j'avais fait une grosse bêtise.

Gabriel a brusquement perdu son sourire. Sans même prendre le temps de trier les pensées qui se précipitent en tous sens sous son crâne, il se jette sur moi en poussant un grand cri, m'attrape par la taille, me soulève et me fait tournoyer dans la pièce.

Nous nous mettons à rire comme des fous.

Ô joie.

Je vais faire l'amour avec Gabriel.

Je ne veux pas, je ne peux pas, mourir avant de l'avoir fait.

Je suis une fille normale. Je veux jouir, je veux aimer jouir.

Je ne veux pas être traumatisée.

Je veux aimer faire l'amour.

Un matelas a été déposé entre les lits des petites. Je suis debout, en tee-shirt et culotte, face à mes copines, Sandrine, Térésa, Béatrice, qui se sont chacune glissées sous leur drap. Les garçons sont tous rentrés chez eux, à l'exception de Gabriel, qui m'attend dans ma chambre.

— J'y vais, alors…

Elles sont impressionnées.

Je recule d'un pas vers la porte. Béa saute de son lit pour me serrer dans ses bras. Elle pousse un petit cri nerveux puis repart aussi sec se cacher sous la couverture, ne laissant dépasser que ses yeux et sa couronne de cheveux. Elle tape fort de ses deux talons sur le matelas et glousse d'excitation. Ma sortie se doit d'être théâtrale : je déploie mon bras en un salut superbe et lance à l'assistance de grands baisers. Et après une ultime révérence, je disparais.

Devant l'entrée de ma chambre, l'ambiance n'est plus tout à fait la même : il fait une chaleur épouvantable et je me sens nerveuse. La sueur perle à mes tempes, sous mes aisselles. J'attends, je m'accroupis, je me relève. Une longue respiration, une fois, deux fois… Enfin, j'entre. Gabriel est déjà au fond du lit, les mains agrippées au drap, drap qu'il a remonté jusqu'à son cou, comme en plein hiver. Il a les yeux au plafond et ne tourne pas la tête tandis que je passe le seuil de la porte. J'arrache du mur la photo d'Omayra, sans même y jeter un œil, pour la ranger au fond du tiroir de mon bureau, et ouvre la fenêtre, faisant passer le voilage par-dessus les montants.

Gabriel se place sur le flanc, le bras replié, la tête sur la main droite, tourné vers moi. Il doit se sentir ridicule. Je lui souris pour le mettre à l'aise – ça va l'aider, sûrement – puis je fais un petit pas. Délicieuse, la chair de poule sur tout mon corps. Un autre petit pas. L'impression que mes milliers de petits poils invisibles se sont dressées en aiguilles délicates et vont s'évanouir, dans un scintillement magique, dès l'instant où je frôlerai ce grand corps qui m'attend, juste là, face à moi. Gabriel donne le change et sourit, mais ses épaules sont tendues, sa bouche s'est asséchée. Je suis tout près du lit maintenant. Il s'écarte, me fait une place et relâche sa tête sur l'oreiller. Assise, je serre mes genoux de mes deux bras, au bord du matelas. Gabriel attrape doucement mon tee-shirt et m'attire vers lui.

Dans toute la pièce, nos cœurs bastonnent.

Tout sera un peu gauche. Tout sera un peu compliqué.

On se cogne, on ne sait pas trop où caler ce bras, ce pied. On est un peu tordus. On s'embrasse en bavant, sans même s'en rendre compte. On a les cheveux devant les yeux, sur tout le visage, presque jusque dans le gosier. On était mieux à la verticale. On était mieux habillés. Et puis, on fait comment ? Ah, il s'allonge sur moi – j'ai envie de rire, mais je me retiens. Bien sûr, il faut retirer son slip et sa culotte ! Dans un sourire bancal, il se remet sur le dos. Chacun de notre côté, nous voilà en train de remonter nos genoux et nos postérieurs pour faire glisser les dessous jusqu'à nos pieds. Pas question d'enlever nos tee-shirts. Je ne sais pas pourquoi, d'ailleurs. Le mien remonte sur ma poitrine, ce qui n'est pas très agréable. On n'y a tout bêtement pas pensé.

Il s'allonge de nouveau sur moi, son ventre contre le mien, chaud, soyeux. Je sens ses poils, si doux. Et puis je sens son sexe. Ça m'impressionne soudain. Je n'ose pas. Je garde mes bras le long du corps. Pour le moment, nous avons pris soin de contourner les parties les plus intimes de nos anatomies : il a ignoré mes seins, je me suis bien gardée d'aller au-delà de son pubis. Les fesses ? Quelles fesses ? Je le laisse faire. Il ne me regarde pas – il se sent grotesque. Je ne le regarde pas – je me sens débile. J'écarte mes cuisses, imperceptiblement, il saisit son sexe. Il va falloir que ça rentre, mais comment ? On a l'air nigauds, non ?

Et puis ça rentre. Et puis ça fait mal. Et puis c'est magique. C'est magique et ça fait mal. C'est fort et ça brûle, mais c'est beau. Nos souffles s'amplifient. Je m'agrippe à lui. Je plante ma bouche sur son épaule, appuie fort pour y étouffer mes cris de douleur et de joie intenses. Sa peau est un miracle et j'ai envie de pleurer. Le mouvement est éternel.

Nous restons longtemps l'un sur l'autre. Mes larmes s'écoulent en silence. Je le serre si fort que je me demande s'il ne va pas étouffer. Gabriel ne pèse rien, il s'est posé sur moi, comme une feuille tombe sur la terre. Il soulève la tête. Je calme mes sanglots longs et lui offre un rire rassurant. Il n'est pas inquiet – il n'y a que de la douceur partout, un bain de délicatesse. Rien n'est grave. Rien. Il s'allonge sur le dos et prend ma main. Nous savourons à l'unisson.

Et puis les larmes cessent. J'ai soif. J'embrasse Gabriel sur l'épaule et sors du lit. Ça coule entre mes cuisses. Je me penche pour regarder, et tire sur le drap pour m'essuyer. Gabriel s'y accroche pour cacher sa nudité. Je le regarde, surprise : c'est vrai que je n'ai toujours pas vu son pénis. Je tire un peu plus fort sur le drap. Il tient bon, mais j'insiste. Les sourcils froncés, il me demande d'arrêter. Je me moque, je saute et tournoie, tout en retirant mon haut, étalant ainsi à sa vue mon corps dans la nuit claire. Puis je me jette sur lui, l'embrasse, le drape et l'entraîne jusqu'à la terrasse, dans une valse trébuchante.

Il reste en arrêt face aux lumières de la ville.

Je cours en hurlant au ciel.

Je lui saute au cou, et entoure sa taille de mes jambes. Il cale ses deux bras sous mes fesses et se met à tournoyer. Je ris à en déchirer les étoiles.

Pourvu que le drap tienne.

Béatrice ne dort pas. Les yeux grands ouverts, elle observe les ombres que la lune projette sur les murs de la chambre. Pas une idée ne se fixe dans son esprit. Lorsque enfin la porte s'ouvre et que ma tête apparaît, elle bondit sur son couvre-lit.

— Nom de Dieu ! Ça y est !

Je lui fais signe de baisser d'un ton : j'ai bien vu que Sandrine et Térésa dormaient.

— Oh, mais elles vont se réveiller, les pucelles !

La voilà qui claque des mains, allume la petite lampe de chevet en plastique orange. Térésa cligne des yeux et se redresse, timidement, sur les coudes.

— Alors ?

Je m'assois au sol, contre le mur, l'air grave, ce qui provoque immédiatement l'inquiétude de Béatrice.

— Latza, ça va ?

J'affiche alors une grimace de douleur et leur lâche :

— C'est quand même quelque chose…

Sandrine s'est réveillée d'un coup.

— Je ne comprends pas.

Sa voix tremble d'une angoisse non dissimulée. J'enchaîne.

— Ça fait mal, quand même...

Sandrine sort de son lit et se cale juste au bord.

— Merde ! J'avais entendu dire ça, en effet...

J'insiste.

— Franchement, ça fait super mal...

Térésa est dépitée, toutes sont atterrées.

Je les laisse un peu mariner, avant d'esquisser un sourire malicieux, et de lâcher :

— Non mais les filles, on s'en fout ! C'est génial, surtout !

Je me mets à scander en sautant dans la pièce :

— Je l'ai fait et c'est génial ! Ça fait mal et c'est génial ! C'est génial et ça fait mal ! Mais on s'en fiche, parce qu'en fait, la douleur, c'est un détail, ça passe ! Oh les filles, je vous jure, c'est le plus beau jour de ma vie !

Les filles rient, Béatrice me regarde avec envie. Elle aussi, son tour viendra. Térésa est refroidie :

— Si c'est pour avoir mal, non merci !

— Oh la trouillarde !

— Bon, les filles. Je voulais juste vous faire un coucou. Le coucou de la nouvelle Latzari ! Je file. Je vous aime à la folie !

Je plante mes poulettes qui discuteront sans doute la nuit entière. Mon bel ange est resté sur la terrasse.

Il fume. Je m'adosse contre son torse, entre ses longues jambes qui m'encerclent. Il me passe sa cigarette, ouvre le drap et m'enveloppe avec lui. Je sens qu'il a retiré son tee-shirt, quand je l'ai réenfilé pour aller voir mes amies. Il me caresse les cheveux. Je pose ma tête contre sa poitrine, à la base de son cou. Il penche la tête et m'attrape la bouche. Il glisse sa main par le haut de mon tee-shirt et entoure l'un de mes seins de sa longue main chaude.

Je vais mourir. Je meurs. Et je mourrai ainsi toute la nuit. Des doigts qui caressent aux chairs qui fusionnent, de gémissements en petits cris, de souffles et d'odeurs en sucs mystérieux, enfin nous osons tout, sans un mot, juste quelques rires, quelques gorgées d'eau, jusqu'à l'aube, où il filera, comme un chat.

Tandis que le plus beau jour de ma vie se dilate dans la moiteur constantinoise, la terre s'est ouverte sous les pieds de Soledad, avec ce maudit attaché-case et ces deux enveloppes. Sur la première, elle a lu « Latzari » et a reconnu l'écriture fine, serrée, très penchée de Bernard. Sur la seconde, « Papa » était sans le moindre doute signé de la main de son aînée et souillé d'une tache à faire pleurer l'encre…

La route vers Tamanart s'est déroulée hier dans une sorte d'état second, un brouillard inconnu. Tout autour d'elle, la voiture, les enfants, le paysage, tout s'est figé dans l'horreur révélée. Bernard et les petites chantent. Les devinettes drolatiques fusent grâce à la dérision d'Alexandre.

— Que fait un éléphant l'été, pour se cacher ?

Silence.

— Il se déguise en cerise et se planque dans un cerisier…

Incompréhension générale.

— Vous avez déjà vu un éléphant dans un cerisier, vous ? Lili, chez grand-maman, tu as déjà vu un éléphant dans le cerisier ?

— Ben non…

— Ah ben, tu vois, ça marche !

Tout le monde se moque d'Alexandre.

Bernard rit fort, forcément.

— Et pourquoi les crocodiles sont plats et ont la peau rugueuse ? Parce que s'ils étaient lisses et ronds, on les confondrait avec des olives !

Alexandre a gagné son public, hilare. Mais, pour Soledad, les voix restent lointaines, sourdes, désincarnées.

Ils arrivent, et se garent. Un pique-nique géant est organisé sur la plage, qui fait accourir les petits et les grands affamés.

Soledad s'isole dans le château.

Elle déplie son tapis, s'assoit en tailleur et prend une longue et profonde respiration. Cette séance de yoga est vitale. Les yeux clos, elle étire ses mouvements, l'un après l'autre, consciencieusement. Puis elle voit, à travers la fenêtre, les lumières colorées de la guirlande perchée dans l'arbre. Et sans qu'elle ait rien vu venir, elle éclate en sanglots, se répand en un flot ininterrompu de larmes. Un long râle s'extirpe de sa gorge, la met à genoux, lui colle les poings au creux du ventre. Elle lutte un peu, en reprenant ses mouvements, mais les sanglots viennent s'échouer par vagues irrégulières jusque dans ses entrailles. Et ce fracas de douleur la terrasse.

Elle finit par ne plus bouger, tente de réguler son souffle, regarde vers le ciel, se heurte au plafond. Et ce jour-là, pour la première fois de sa vie, elle se demande où est Dieu. « Mon Dieu, mon Dieu, pourquoi m'as-tu abandonnée ? »

L'aube, à peine.

Ils sont quatre à partir à la pêche. Ils rament jusqu'au bateau rouillé, avec son petit mât qui ne sert jamais, auquel on a fixé une sorte de girouette. Des cordages pendent jusqu'au pont, et une bouée de sauvetage, grisâtre et aplatie, flotte à la proue. Ce rafiot défraîchi est, le plus souvent, recouvert d'une grappe d'enfants. Tous grimpent à bord, s'accrochent aux bouts qui trempent dans l'eau puis en sautent, pour mieux remonter et recommencer. En équilibre instable sur leurs planches à voile sans voile, ils partent à l'assaut de la guimbarde de pêcheur, en criant : « À l'abordage ! » Les deux grandes rames, qui balancent de part et d'autre de la coque, permettent un autre type d'escalade.

Ce tout jeune matin-là, le soleil s'extirpe encore difficilement des plis de la nuit quand Bernard et quelques amis démarrent le moteur du vieux rafiot. Tout dort. Et le bateau à moteur toussote dans les graves, comme pour éviter de déchirer le sommeil des braves. La plage est vide. Le fou ne va sans doute pas tarder, mais il fait encore trop noir.

Soledad n'a pas fermé l'œil de la nuit.

Chaque respiration est une torture. Il va falloir survivre. Elle trouvera une sortie digne, sensée. Dieu, le Christ et tous les saints vont bien finir par l'aider ? Peut-être en profitera-t-elle pour se glisser dans les bras de Fabrice, histoire d'y trouver une réponse, un nouvel horizon, une échappatoire possible. Elle n'y trouvera que des caresses.

Les enfants sont sur la plage, assis, les jambes repliées, les bras posés sur leurs genoux. Tous regardent ce pauvre canot toussotant qui progresse vers la rive.

Soledad prépare un brunch. Pour l'heure, la vie doit continuer.

Après avoir envoyé l'ancre au fond de l'eau, les héros balancent leur butin dans la barcasse, sautent dedans et débarquent sur la plage. Les enfants se précipitent. Le fond du canot est couvert de poissons reluisants et gluants, qui ne tressautent plus vraiment. Et, au milieu de ce tapis d'écailles de toutes les couleurs, ils découvrent une énorme raie.

Bernard met en garde les petits.

— Faites très attention ! Vous voyez, là, son dard ? Impressionnant, n'est-ce pas ?! Eh bien, je peux vous dire qu'on a eu sacrément chaud ! Hein, Rachid ?!

— Oh oui, monsieur Luma, il se méfiait pas ! Elle est belle, elle est belle, il disait. Faut être très prudent : un coup de dard comme ça, et hop, c'est l'hôpital. Elle vous marque à vie !

— Je me suis reculé juste à temps. Ça s'est joué à un millimètre. C'est beau, hein, les enfants ?

J'ai lu un jour que la raie, la raie manta plus exactement, n'a que très peu de prédateurs capables de lui être fatals. Le long dard qu'elle promène en ondulations dangereuses pénètre dans la chair comme dans du beurre. Il laisse une méchante plaie dans laquelle le venin se diffuse avec une douleur féroce, qui s'amplifie au fil des heures.

Par ailleurs, la raie sait si bien se défendre qu'elle garde son petit dans son utérus jusqu'à ce qu'il se soit entièrement développé. Jusqu'à ce qu'il soit prêt à affronter son existence marine.

EULALIE. Ainsi finit la fable,
LE COSMONAUTE. De celui qui le ciel troua.
ZÉPHYRIN. Mais s'en revint sur terre,
EULALIE. Plein d'usage et cætera.
LE COSMONAUTE. Pour devenir mortel,
EULALIE. Couché dans de beaux draps !
ZÉPHYRIN. Heureux, heureux mortel !
LE COSMONAUTE. Le ciel entre ses bras.
ZÉPHYRIN. Et demeurer fidèle,
EULALIE. Avec des hauts, des bas…
ZÉPHYRIN. À sa condition même
LE COSMONAUTE. D'être Dieu d'ici-bas.
EULALIE. Tout comme l'hirondelle,
ZÉPHYRIN. Tout comme son papa.
TOUS : Alléluia ! Alléluia !

C'est le moment de saluer le public.

Comme chaque année, la salle comble est heureuse. Comme chaque année, elle applaudit à tout rompre. Mon cœur brandi vers l'horizon, je jubile. Au troisième rappel, je fais le serment à mon âme exaltée que je serai actrice. Puis, je cherche Gabriel, sans le voir.

Un des comédiens s'avance. En cette dernière année, il a souhaité écrire un générique de fin, un mot de remerciements. Il veut rendre hommage à cette troupe incroyable, et à Bernard le magnifique, sans qui rien de tout cela n'aurait pu exister.

— Bernard a su offrir à notre communauté, depuis trois ans, des spectacles merveilleux, des moments de partage inoubliables.

Suit un petit portrait de chaque membre de la troupe. La salle rit beaucoup, elle est émue aussi. Cet atelier-théâtre ne survivra pas au départ des Luma : personne n'a proposé d'en reprendre la direction. Et puis, au-delà de notre famille, l'hémorragie est énorme parmi les Français. Beaucoup sont sur le départ, c'est un fait.

Les portraits se succèdent, quand arrive mon tour.

— Et ce soir, vous aurez pu assister à la naissance sur scène d'un talent unique, la jeune Latzari Luma. Gardez ce nom en mémoire ! Paris va bientôt voir arriver une nouvelle Adjani…

Je suis liquéfiée, mais cette avalanche de compliments gonfle mon cœur comme mon orgueil. J'arrive, oui, et le septième art n'attend que moi, c'est certain.

Soledad file en douce – il faut coucher les petites. Elle nous laisse, Bernard et moi, ranger les costumes, le décor.

Le retour à la maison est silencieux. Depuis la gifle, nous n'avons pas eu de tête-à-tête, tous les deux. Les répétitions, les révisions, le travail, l'approche du déménagement nous ont permis de reléguer notre passif aux oubliettes. Quelques jours déjà qu'il ne s'en prend plus à moi. L'ardoise magique du quotidien qui fait tenir les êtres. J'ai su dire non, rester sur ma position et, à présent, j'ai les bras de Gabriel et la certitude que le monde m'appartient.

Paris m'attend, alors pourquoi revenir sur toute cette histoire ? Bernard est mon père et le mauvais rêve est passé. Je suis sa fille, je ne suis que sa fille. Et pour ma part, seule demeure la joie d'être en vie et de dévorer tous les possibles qui s'annoncent.

Arrivés devant la maison, Bernard se gare et coupe le moteur. J'ouvre ma portière, il me saisit le bras.

— Latzari, il faut que je te parle.

En un instant, son ton, sa main ferme sur moi me plongent dans un puits froid. Et en une phrase, il démolit tout le château de cartes. En une fraction de seconde, ma pensée s'enfonce dans mes pires heures de solitude.

Je suis sa fille ? Je ne suis que sa fille ?

Je suis la fille de Bernard Luma. Le monde ne m'appartient pas, le monde ne m'appartiendra jamais. Sans cesse je serai rattrapée et ramenée à mon être de servitude et d'avilissement. Tu sers et tu me dois. La négation de mon être est inexorable ; elle est définitive.

Je déglutis et je me prépare. Pas question de croiser son regard : je cale l'arrière de mon crâne contre l'appui-tête, et je fixe mon attention sur le lampadaire, lueur fragile, au bout de la rue. Je suis prête. Il va sans doute me demander pardon, puis se répandre dans une énième explication que je ne veux pas entendre.

— Écoute, Latzari, ce n'est pas bien d'avoir fait ça…

Je tourne brusquement mon visage vers lui. Il va me reparler de la cigarette ?

— Tu vois, ce que tu as dit à ta mère, ce n'était pas bien… Et à cause de toi, maintenant, elle ne m'aime plus.

Je tombe des nues. Comment ça, ce que j'ai dit ? Comment ça, elle ne l'aime plus ? Bernard est tout petit, blême, ratatiné sur son siège. Il frotte ses mains sur ses cuisses. Sa voix est métallique, dure, son haleine envahit tout l'habitacle.

Et puis Bernard éclate en sanglots. Bernard est tout flétri, ramassé sur son pauvre être. Il sort de la poche de son pantalon son grand mouchoir à carreaux et il se mouche à m'en éclater les tympans. Puis il se lance dans un monologue confus, haché, où les gémissements et les râles s'entrechoquent.

— Maman a compris des choses fausses. Je t'ai pourtant expliqué que je m'étais mal exprimé, que je n'avais pas su bien dire les choses…

La bombe a explosé, tout s'est écroulé, et je ne comprends rien. Comment Soledad a-t-elle pu savoir quoi que ce soit ? Un silence atroce règne dans cette voiture. Seuls mes tremblements font crisser l'air.

— J'ai demandé pardon à Dieu, Latzari... J'ai imploré son pardon...

Je suis perdue, paniquée, épouvantée. Voir mon père qui s'effondre devant moi me coupe en deux. Pauvre Petit papa... Il s'est transformé en une créature chétive secouée de spasmes, dégoulinante et reniflante, plissant les yeux – ça n'est pas supportable. D'une toute petite voix, je m'entends dire :

— Mais, papa... Qu'est-ce que tu veux que j'en fasse du pardon de Dieu, moi... ?

— Pardonne-moi, Latzari, pardonne-moi, je t'en supplie...

Je reste silencieuse, les pleurs de Bernard me poignardent le ventre. Pauvre Petit papa... Je me mords l'intérieur de la joue. Je ne pleurerai pas. Pourtant, j'ai tant de peine. Une souffrance pareille, à cause de moi, c'est abominable.

— Oui, papa... Oui, je peux bien essayer... Mais est-ce que, lorsqu'on a pardonné, on oublie ?

Bernard se calme un peu. Il se mouche fort. Sa voix est autoritaire.

— De toute façon, tu as mal compris ma lettre, Latzari. Je pense, j'en suis certain, du reste... Tu as mal compris mes propos. C'est un malentendu, un horrible malentendu. Je t'aime fort, ma petite Latzari...

J'ai envie que ma bouche se remplisse de sang. Si je pouvais mourir tout de suite, ne plus entendre, ne plus écouter, ne plus sentir, ne plus ressentir. Et renaître ailleurs, tout de suite, neuve, propre.

— C'est affreux, Latzari, je suis un homme brisé.

Bernard gémit si fort que sa voix s'éraille dans les aigus.

— Ta mère me trompe, Latzari ! Tu entends ça ? Je suis le cocu du village, la risée de tous ! Je suis certain qu'elle voit quelqu'un d'autre. Elle a tellement changé ces derniers temps.

Je suis soufflée. Pauvre petit papa.

D'une voix douce et posée, je cherche à le consoler, à le rassurer.

— Je ne comprends pas tout ce que tu me dis, papa, mais il faut que tu entendes ce que je vais te dire, c'est très important : je n'ai rien dit à maman. Rien. Mais alors rien du tout. Je n'en ai même jamais eu l'intention. Je me suis promis de ne jamais rien lui raconter. Je suis passée à autre chose.

Bernard se redresse subitement. Et ses larmes disparaissent comme par magie.

— Tu n'as rien dit ? Ta mère et toi, vous ne vous êtes pas parlé ?

Il se tait un court instant. Il marmonne :

— C'est bien, ma chérie. C'est une bonne nouvelle, une excellente nouvelle…

Sous mes yeux, il se transforme alors en paon et se met à faire la roue. Il a eu chaud, mais tout va bien, au fond. Il va pouvoir garder la main, me remettre dans sa poche, et sortir de ce mauvais pas. Il est rassuré. Elles ne seront jamais complices, ces deux-là, c'est bien la pire chose qui pourrait lui arriver.

Il se mouche à nouveau, dans un bruit de trompette. J'ai mal aux oreilles. Ces bruits, ces éructations sont épouvantables ! Et puis ça sent mauvais ici, et puis j'ai chaud, et puis je suis fatiguée, et puis j'ai envie de voir Gabriel. Et tous ces adultes me fatiguent avec leurs histoires à la con.

— C'est bien, ma fille. C'est bien… Et ne t'inquiète pas, ça va aller avec ta mère. Ça va aller…

La crise est passée. Bernard est calme et posé. Sans doute a-t-il obtenu ce dont il avait besoin – la certitude que je ne lui voudrais jamais de mal. Un papa qui fait de la peine, on y fait attention, on le ménage. Il me regarde vraiment, et passe la paume de sa main sur ma tête, ébouriffant mes cheveux. Je me force à lui offrir un sourire gentil et désolé.

— Allez, ma grande. On oublie tout ça, d'accord ? Ça va aller maintenant.

En sortant de la voiture, je lève la tête vers la maison.

Le voilage de la chambre des parents a bougé.

Soledad.

Soledad qui a fait de Bernard le cocu du village.

J'ai perdu mon père de son vivant. La vie m'a retiré à jamais le droit de le pleurer au-dessus de sa tombe.

S'est calée au creux de mon ventre une petite poche de larmes qui s'ouvre parfois, et inonde mon âme violentée.

Cette mélancolie qui m'accompagne me rappelle que je dois, dorénavant, accueillir l'horreur, l'apprivoiser, pour mieux la combattre.

Le temps de plier bagages approche. Bientôt, nous quitterons Constantine pour entamer un nouveau périple, un nouveau cycle. Le tarmac nous appelle.

Mais d'ici là, l'école Léon Bourgeois organise sa dernière fête déguisée. Clore une époque, conclure en beauté un temps qui ne sera jamais plus. De représentations finales en ultimes pique-niques, on repousse autant que possible l'instant fatidique du départ.

« Exotisme », voilà le thème qui a été retenu pour cette cérémonie d'adieu. Avec ma bande de filles, nous allons nous déguiser en Tahitiennes. Fabrice nous a fourni du raphia qu'il a rapporté des réserves de l'école. Il suffit de le coller en rang serré sur une ceinture de tissu pour confectionner une jupe. Au-dessus, nous enfilerons juste un haut de maillot de bain. Le résultat risque de faire sensation. Béatrice boude parce qu'elle ne veut pas montrer son ventre – elle portera un tee-shirt jaune, avec une fleur rose, en papier crépon et ça fera l'affaire. Ma fleur sera violette et je la placerai dans mes cheveux.

Je suis assise en tailleur sur mon lit, Béatrice est allongée au sol, Sandrine s'est mise sous la fenêtre et Térésa au bureau. Olivia n'est pas là. Nouvelle embrouille : quand elle a appris qu'on avait passé une soirée géniale chez moi, elle nous a reproché de ne pas l'avoir invitée. On a eu beau lui dire que son père ne l'aurait jamais autorisée à venir, parce qu'il y avait les garçons, elle n'a rien voulu entendre. Et Sandrine, qui n'en rate pas une, a sous-entendu que, depuis, « je n'étais plus comme elles ». Bref, Olivia est partie furieuse et ne nous adresse plus la parole.

Penchée sur son ouvrage, Béatrice grogne.

— Quand même, elle est fatigante, cette fille. Il y a toujours un problème avec elle.

— Honnêtement, Olivia est le cadet de mes soucis. D'autant que dans deux semaines, c'est la fin des cours.

Je regrette tout de suite mes paroles. Le sujet est tabou. Évoquer la fin des cours, c'est rendre concret l'inéluctable au revoir, et nous n'avons aucune envie de nous quitter. On réussira à se retrouver, bien sûr. Mais où, et quand, et comment ? Il vaut mieux éviter d'y penser. Pour moi, c'est plus facile : j'ai l'habitude. L'habitude de perdre et de retrouver, celle de quitter pour arriver.

Quelqu'un frappe à la porte. Soledad passe la tête, s'enquiert de l'avancée de nos travaux, donne quelques rapides conseils de couture. Un sourire crispé accroché au visage, elle me demande de la suivre.

— Attends, j'ai pas fini…

De crispée, elle est maintenant ouvertement gênée. Et pour cause :

— Latzari, tu viens maintenant. Caroline est arrivée.

Caroline est là ? Mais pourquoi ? Caroline est la dame, jeune mais déjà vieille, qui assiste le curé à l'église. Elle ne vient jamais ici. Elle est chargée du catéchisme, mais prend aussi soin du jardin du presbytère et prépare de délicieuses tartes à la rhubarbe, avec un peu de framboises.

— En quoi ça me concerne qu'elle soit là ?

— Latzari, Caroline est venue te voir. Elle souhaite te parler en tête à tête, elle ne m'a pas dit pourquoi. Si tu pouvais monter, elle t'attend là-haut.

Je n'en reviens pas. Que peut bien me vouloir cette grenouille de bénitier ? Elle est gentille, mais je n'ai pas la moindre envie de causer de la vie de Jésus et de ses apôtres en dehors de la paroisse… Le caté, c'est déjà la plaie ! Pour que nous soyons tranquilles, Soledad lui a proposé de s'installer sur le toit, avec sa phrase rituelle : « Une vue pareille, ça ne se rate pas. »

J'arrive sur la terrasse. Caroline est tout absorbée par la ville. Brune et longiligne, le cheveu court, elle porte des jupes qui lui arrivent toujours au-dessous du genou, grises ou vert foncé parfois, et des chemisiers blancs, boutonnés jusqu'en haut, même en pleine chaleur. Son rouge à lèvres bordeaux fait ressortir ses joues, qui rougissent facilement. Elle se tourne d'un coup vers moi.

— En effet, quelle vue !

À la voir dans cette lumière crue, avec ses bras fins et ses longues jambes croisées, je réalise qu'elle ressemble à Olive, la fiancée de Popeye. Tiens, c'est dommage que je ne m'en sois pas aperçue avant – on se serait bien fendu la poire, avec les copines.

Mme Olive sourit, mais Mme Olive semble désolée, aussi. Elle décroise ses bras, attrape mon visage et, tendrement, me dépose un baiser sur le front. Puis elle me fait signe de prendre place sur l'une des chaises de jardin aux coussins fleuris. Je m'assois et j'attends. Un silence s'installe, étrange. Elle sourit, puis ne sourit plus, prend une, deux, trois longues inspirations avant de se décider à briser la glace.

— Quel endroit magique cette terrasse, n'est-ce pas ? Quelle chance !

Ah d'accord, Mme Olive est venue me parler chance. Nouvelle inspiration, nouveau croisement des jambes.

— Latzari. Je suis venue pour voir si tout allait bien pour toi. Comment tu allais…

Et puis ce sourire grimaçant.

Je hausse les épaules.

— Ça va, pourquoi ?

— Tant mieux, tant mieux… Tu sais, Latzari, il y a des choses qu'il est dangereux de garder pour soi. Comment dire ? Parfois, on peut ressentir le besoin de se confier, de révéler des non-dits, des secrets qui pèsent et dont on ne sait pas quoi faire. En parlant, on surmonte beaucoup plus facilement ses problèmes…

À présent, je ne suis plus du tout exaspérée, je suis inquiète. C'est quoi, ce sketch ? Mon visage s'assombrit, mais je fais mille efforts pour conserver une attitude détachée.

— Je vais très bien, merci, mais je ne comprends pas où vous voulez en venir. Tout va bien, vraiment…

— Bon. Latzari. Je ne vais pas y aller par quatre chemins. Je peux comprendre la douleur et la honte. Quand ce genre d'événement se produit, on ne doit laisser personne dans la détresse…

Mme Olive plante son regard dans le mien, à croire qu'elle cherche à lire en moi.

— Latzari, il faut rompre le silence ! Je suis au courant ! J'ai appris que le jeune Gabriel avait abusé de toi. On m'a parlé de viol. Il est de mon devoir de savoir ce qui s'est passé. Latzari, je suis là pour t'aider…

Je n'ai pas remué un cil, mais à l'intérieur, je suis sur des montagnes russes, dans un grand huit, au son d'une batucada d'enfer. Je n'arrive pas à croire ce que je viens d'entendre : moi, violée par Gabriel ?!

— Et il ne faut pas en vouloir à Olivia : elle a eu raison de nous alerter. Notre rôle d'adultes et de chrétiens est de…

Là, impossible de garder mon masque. Avec un air ahuri, je lâche un son qui ressemble à un rire mêlé à un cri de stupéfaction.

— Olivia ! Mais non ! C'est pas vrai ! Elle a pas dit ça ?! La connasse !

Caroline, qui a rapproché sa chaise, qui a pris ma main dans la sienne, qui a le corps si penché vers moi que j'ai l'impression de prendre la forme du dossier, se redresse d'un coup, comme si elle venait de se brûler.

— Pardon, Caroline. Je ne sais pas comment vous dire ça, mais on vous a menti. Ce que vous a rapporté Olivia est faux. Je n'en reviens pas qu'elle ose raconter des histoires pareilles !

Je me lève et déambule autour des chaises, un coussin coincé sur mon ventre. La situation est affreusement gênante. Caroline est livide – à son tour de faire bonne figure.

— Parce que oui, Gabriel et moi, nous avons fait des choses… Je veux dire… Enfin… pas des choses. Nous avons fait l'amour. Voilà. Mais il ne m'a pas violée, je vous assure ! Je vous jure que nous avons fait l'amour, et j'étais parfaitement d'accord !

Une honte chaude est en train de courir sous la peau de Caroline, qui la fait s'empourprer à vue d'œil. La pauvre, elle est crucifiée, clouée sur l'autel d'une humiliation terrible. Je me poste devant elle, m'accroupis et pose mes mains sur ses genoux.

— Pardon, madame Oli… Caroline. Je suis sincèrement désolée. C'est une méprise épouvantable. Olivia est jalouse, prête à tout. Je ne sais pas quoi vous dire.

Caroline tente un sourire. Elle se lève, et dans un élan de dignité pathétique, bredouille quelques paroles pour préparer sa sortie.

— Latzari, tant mieux… N'est-ce pas ? Tant mieux. Non… Enfin… Le plus important, c'est que cette histoire soit fausse… N'est-ce pas… ? Tout comme notre conversation n'a pas eu lieu, nous sommes bien d'accord ? Je ferais mieux de partir. Je... Peut-être n'est-il pas utile d'embêter ta maman avec ce regrettable malentendu.

Pauvre Mme Olive.

Je l'escorte jusqu'à la porte d'entrée, Soledad nous a devancées, et nous attend, impatiente.

— Nous nous reverrons à la messe, Caroline, lui dit chaleureusement Soledad en l'embrassant.

Caroline semble ailleurs, comme hébétée. Elle revient sur terre et, dans un sourire forcé, répond :

— À la messe, oui... C'est ça... À la messe...

À peine Soledad a-t-elle refermé la porte qu'elle se dresse devant moi.

— Latzari, j'attends des explications sur la raison de cette visite.

Je choisis de lui dire le plus naturellement du monde qu'une rumeur invraisemblable circule à mon sujet, un truc pas net, des salades sur un prétendu rapport forcé avec Gabriel.

— N'importe quoi ! J'ai rassuré Caroline, ne t'inquiète pas. Et maintenant, il faut que je remonte finir mon costume avec les filles. Allez...

Soledad ne me laisse pas monter trois marches de l'escalier.

— Cette histoire ne me plaît pas du tout, Latzari.

De toute évidence, elle n'en a pas fini avec moi.

À la fête de l'école Léon Bourgeois, je serai déguisée en Péruvienne plutôt qu'en Tahitienne, avec une longue jupe noire portée par-dessus deux jupons, un caraco noué jusqu'en haut du cou. Mes cheveux seront coiffés en deux tresses bien serrées, maintenues sous un petit chapeau melon. Exotique en diable.

Soledad est ma mère.

Soledad protège ma réputation.

Au bal costumé, l'école Léon Bourgeois est envahie de mille couleurs, de fleurs, de pagnes, de chemises bariolées. Les invités ont les lèvres, les joues, les yeux peints. Même Zeus s'est invité à la fête, avec son trident. Quelle drôle d'idée !

Sur des rocks fous, punch et taboulé circulent depuis la cantine jusqu'à la cour, empruntant les couloirs sinueux. Tout est comme avant, comme au premier jour. À l'infini, on est content d'être heureux. Demain n'existe pas. Demain ne changera pas le cours des choses, ne déviera pas de cette légèreté qui triomphe, envers et contre tout. Le manque, le regret, la tristesse n'ont pas leur place ici. Dans cette bulle constantinoise, tous se sentent immortels, avec leurs rires, leurs bouches pleines.

Ils se tiennent par la main, enchaînent les pas de danse, sans se soucier, sans même songer qu'un dehors existe, qu'un dehors s'effondre, qu'un dehors court à la folie et à la mort. Tous repartiront bientôt vers de nouveaux horizons, et cette parenthèse enchantée restera une magie éthérée dans un monde évanoui. Ce sont les derniers soubresauts d'insouciance à Constantine – le loup est déjà sorti du bois.

Mes danses à moi ne sont pas tristes. Je vais pourtant quitter Gabriel. Il s'apprête à partir, il a un projet dont il veut me parler ce soir. Mes danses à moi ne sont pas tristes car je pars découvrir le grand Sud, grâce à un voyage d'adieu à l'Algérie. Quand Bernard nous a annoncé la nouvelle, j'ai foncé dans le bureau de M. Moulard pour revoir sa carte du pays : nous allons bientôt nous enfoncer dans la gigantesque masse jaune et slalomer entre les ergs. Mes danses à moi ne sont pas tristes car, depuis toujours, je n'ai d'autre choix que de partir.

Gabriel est là, discret. Il s'est habillé presque tout en noir, avec une veste kaki. Un élément de son costume, glissé dans sa poche, m'est réservé : il ne veut pas l'arborer en public. Pour lui, ce soir est un déchirement, une épreuve. Adossé à un mur de la cour, il m'observe. Malgré ma longue jupe, je saute et virevolte, avec mes copines. De ma main droite, je tiens mon chapeau et, de la gauche, je soulève mes jupons. Je me transforme en derviche tourneur.

Mon chapeau finit par tomber. Je m'arrête net. Je tangue un peu, puis m'avance vers lui. Le grand ange qui ne me quitte pas des yeux. C'est notre dernier soir et nous avons rendez-vous pour une ultime étreinte. Je n'ai pas le temps d'arriver jusqu'à lui qu'il lance le signal : au plus fort de la fête, nous avons décidé de nous retrouver dans le patio de ma maison, à quelques minutes à peine de là.

C'est le moment, il disparaît.

Lorsque je pousse la grille du jardin, il est assis sur la petite fontaine asséchée. Je me jette dans ses bras, le serre fort comme j'adore le faire, pour qu'il ne s'échappe pas. Je peux le serrer comme si j'allais l'étouffer, je sais qu'il n'étouffera pas tant il est solide, puissant, et cette sensation de fausse force me plaît terriblement. Dans ses bras, j'ai le droit d'être petite et frêle, en toute sécurité.

Je m'assois sur lui, entoure sa taille de mes jambes. Il m'embrasse, passe ses mains dans mon dos, dégrafe mon soutien-gorge, attrape un de mes seins, comme il aime le faire. Sa paume est si douce, une onde électrique monte jusqu'à ma gorge. Je gémis, à peine. Il m'embrasse encore, dénoue mes deux tresses et plonge dans mon cou. Mes cheveux sentent bon. J'absorbe tout, son odeur ardente, sa peau qui me brûle jusqu'au sang. Mes veines bouillonnent d'une lave divine. Je saisis ses mains, et les plaque sur mon visage. Je respire fort. J'en veux plus, encore. Que dois-je faire ? Baisser ma culotte ? Nous allons faire ça comme ça, sur le rebord de la fontaine tarie ? Oui, nous allons faire ça comme ça, sur le rebord de la fontaine tarie. La jupe péruvienne couvre tout. Il est fort, il guide. Tout est simple. Et puis, l'émotion est immense – ça ne dure pas longtemps. Je laisse entrer l'immensité dans mon ventre, sous ma peau.

Nous nous enlaçons maintenant sans bouger.

J'ai posé mon menton sur l'une de ses épaules. J'ai les yeux grands ouverts et me laisse happer par l'obscurité ambiante. Je souris. Lui fixe la lumière de la rue, et n'arrive pas à retenir ses larmes. Mais je les sens à peine, elles coulent sans que sa respiration en soit altérée. Il n'y peut rien, c'est ainsi. L'éternité est maintenant sous nos paupières et dans notre cœur.

J'enfile ma culotte et m'assois à côté de lui. Il plonge la main dans sa poche et sort ce qu'il avait bien caché toute la soirée : un béret rouge. Le voilà, son cadeau d'adieu. Il part demain. Il va beaucoup voyager. Il m'écrira, à chaque escale.

Para. Militaire. Quelle idée.

Je n'en reviens pas. Nous en avons parlé, rapidement, une fois. C'était pour lui la seule solution pour quitter son père et cette vie d'ennui où il ne trouve pas sa place. Je réalise que je ne sais rien de sa famille – je n'ai jamais posé de questions, il ne m'a jamais rien raconté. Je ne sais pas si sa mère est morte ou si elle est partie. À présent, il veut voyager, se dépasser, appartenir à un corps d'élite. L'idée d'intégrer une famille, une famille qu'il aura choisie, lui plaît. Je pose ma tête sur son épaule. Quel drôle de type. Il est beau comme un sauveur et comme la tristesse que j'apprivoise un peu plus chaque jour. Si elle a son visage, je ne sombrerai jamais.

J'ai quinze ans, je suis ancrée dans l'éphémère. Rien ne dure. Tout passe, tout se transforme, sans cesse. Je n'ai pas envie de pleurer et le silence est en train de tuer la magie : il charrie déjà une nostalgie qui ne me correspond pas. Il faut lui lâcher la main et conclure d'une phrase qui restera.

— Je ne ferai plus jamais l'amour avec un blond. Et, s'il te plaît, essaie de ne pas mourir.

Je mets le béret et lui embrasse la joue.

Il a un goût de sel.

Soledad, Bernard et les enfants sont déjà partis pour leur grande exploration du Sud algérien. Je suis restée chez Béatrice pour les épreuves du brevet. Fabrice a rendez-vous à Tamanrasset, avec des amis venus de France : il a accepté de me déposer à Ghardaïa, où la famille m'attend.

J'ai quitté mes copines. On a dit qu'on s'écrirait.

J'ai pleuré dans les bras de Béatrice, à chaudes larmes – elle aussi. On s'est mouchées, toutes les deux, à grands bruits. Puis je lui ai tendu un petit paquet cadeau. Elle l'a ouvert en reniflant. À la vue du tampon hygiénique, décoré d'un cœur en papier kraft, colorié à la hâte d'un pauvre vert – la couleur de l'espoir, m'étais-je dit –, ses larmes ont redoublé dans un éclat de rire. Béatrice et moi, nous avons eu nos premières règles ensemble, et nous avons appris à mettre un tampon ensemble, à Tamanart, à l'écart du château.

Je la revois accroupie, le bas du maillot accroché à sa cheville droite, le visage tendu vers moi, concentrée, voire recueillie ! Impossible de la regarder sans crever de rire. Les premières tentatives furent un échec. Le petit morceau de coton compressé s'éjectait inexorablement de nos entre-jambes, bien décidé à ne pas s'y loger pour de bon. Un enfer ! Lorsque nous avons compris, au milieu d'un tapis de protections à peine souillées, que nous courions à une baignade impossible, nous avons pris la décision de faire avec cette sensation épouvantable d'avoir un machin coincé du vagin jusqu'à la glotte ! Et ce sont deux adolescentes rouges, hirsutes, en sueur, qui sont sorties des fourrés, avec la démarche de Chaplin : les jambes légèrement écartées, les fesses bien en arrière, nous avons gagné tant bien que mal une petite crique isolée, derrière des rochers et des arbustes. Dans l'eau translucide et à l'abri des regards, nous sommes restées assises, sans bouger, savourant en silence une certaine victoire.

Béatrice et moi, nous sommes à jamais liées par le sang.

Fabrice est venu me chercher aux aurores. Nous partons à la fraîche. Une longue journée de voiture s'annonce, brouillée par les mirages de la brume solaire.

Les premières heures, tout excitée, je suis volubile, je raconte ma vie. Ça y est, la France me tend enfin les bras. Juste avant les épreuves du brevet, Bernard a réuni sa tribu pour partager la grande nouvelle : toute la famille part vivre en Argentine. Sauf moi.

— C'est une idée de Soledad : j'habiterai chez ma grand-mère paternelle, dans le XIVe arrondissement. On va m'inscrire à des cours de théâtre et je pourrai apprendre à marcher avec des talons hauts… pour passer des castings.

Bien sûr, il est possible que je m'ennuie un peu chez grand-maman, même si elle me prépare ses tartines de beurre salé, avec du chocolat noir qu'elle râpe par-dessus ; même si son gros congélateur est rempli de cônes à la vanille et à la fraise.

— Et puis, les samedis, je pourrai regarder *Champs-Élysées* !

Fabrice a un sourire mou. Je l'ai connu plus enjoué. Il y a quelque chose d'éteint en lui, je le sens.

La voiture passe entre les lacs d'Ouled Zouaï. La terre ressemble à une gigantesque plaque de bois clair, sur laquelle on aurait posé des dizaines de miroirs côte à côte. Au loin, des montagnes cuivrées, noires, marron, comme de gigantesques tas de pierres disparates, raclées par les vents. Par la fenêtre, je vois une envolée de flamants roses.

Fabrice explique que nous ferons une première pause à Batna, puis que nous visiterons Timgad, classée il y a quatre ans au patrimoine mondial de l'humanité. On l'appelle la « Pompéi africaine ». D'ordinaire, je n'aime pas les ruines – mon imagination s'arrête à la succession de colonnes brisées. Mais cette ville romaine, colossale, m'impressionne. Les blocs de pierre énormes, empilés, semblent avoir été frottés avec une éponge imbibée de soleil. Certains ont blanchi comme du linge sous les rayons cuisants. Dans ces rues, il devait y avoir un monde fou, qui fréquentait les thermes, les théâtres, les temples. Mes pas foulent l'herbe qui pousse entre les pavés, et me connectent à la vie de cette cité perdue. Devant une porte monumentale, avec ses trois arcades, Fabrice profite d'un silence pour m'interroger :

— Dis-moi Latzari, comment va Soledad ?

La question me plonge dans l'embarras.

Je ne me suis jamais demandé comment allait ma mère, je m'en rends compte soudain. Ce que ressent Soledad, ce qu'elle vit, ce qu'elle fait existent à peine. Toutes ces années à être dévorée par Bernard, à détourner ses assauts de ma chair, de ma tête, toutes ces années à essayer d'en faire le père qu'il ne saurait être, m'ont tenue éloignée d'elle. Ma mère se promène dans ma vie comme une figure qui flotte, hors de ma ligne d'horizon. Je n'ai jamais ressenti chez elle le moindre point d'appui.

Non, je ne sais pas comment va Soledad.

La porte du désert, Biskra, nous attend pour le déjeuner. Plusieurs heures de route au cœur d'une terre plissée comme un drap de lin. Toute cette poussière, à chaque kilomètre plus dense, suffocante, rend notre progression épuisante. Et les transports me bercent. Je finis par m'endormir, aidée par le balancement du moteur et les effluves de diesel.

J'ai bavé sur mon tee-shirt.

Fabrice n'est plus là.

Je me réveille tout doucement, et regarde au-dehors : nous sommes garés aux abords d'un marché. Fabrice revient avec une grappe de dattes à la main. Il m'en passe quelques-unes par la fenêtre ouverte.

La chaleur est terrible, sèche. Notre voiture est un four lancé sous un soleil étouffant auquel nous ne pouvons échapper. Nous luttons, à grands renforts d'eau et de journal que nous agitons en guise d'éventail. Mais, à mesure que nous nous avançons vers le désert, une immense beauté se révèle peu à peu.

Fabrice le confirme, le Sud est là, devant nous.

L'atmosphère n'a plus la même odeur. Et le soleil ne nous écrase plus : il fait exploser le monde que j'observe, fascinée. Partout, il y a des palmiers, des monts secs, des gorges dures, des maisons en terre, des couleurs nouvelles.

Mon cœur se soulève, j'ai une envie de U2.

— Je peux ?

Fabrice opine du chef. Je cale « Bad », et monte le volume de l'autoradio à son maximum. Les fenêtres sont grandes ouvertes, et la voiture file vers Touggourt, notre prochaine étape.

Il y a des morceaux qui impriment à jamais un paysage, qui ancrent l'instant pour toujours dans l'âme et rendent la vie plus grande que la vie. Tant d'épisodes de mon existence montent aux cieux grâce à la musique. Sur les notes de mes chansons, je suis l'héroïne d'un film. J'existe autrement. Je suis une romantique forcenée.

À présent, nous parcourons un chemin de sable au son cahoteux d'Eurythmics, « There Must Be an Angel », de Depeche Mode, « Shake The Disease », de Nick Kershaw, « The Riddle »… Le désert qui nous entoure est celui des livres d'enfants, avec ses dunes jaunes découpées sur un ciel bleu vif. Il est aussi celui d'un film que j'aime beaucoup, *Fort Saganne*, avec ma Sophie Marceau, celle que j'envie, sa sueur au coin des lèvres, sa peau dorée. Je me souviens aussi de la spectaculaire chevelure de Catherine Deneuve, déferlante blonde sur un phénoménal édredon de soie bordeaux. Je m'y plonge, j'en rêve.

La voiture file, les images défilent, et je tombe en amour, je me prosterne devant cette terre sacrée, biblique.

— Je suis si heureuse de vivre ça. C'est à peine croyable, ce pays.

Fabrice me regarde avec tendresse, tant mon visage irradie.

— Tu as aimé vivre en Algérie, Latzari ?

— Je crois que j'aime tous les endroits où je passe. Mais l'Algérie, ç'est très particulier, vraiment unique. Pourtant, je ne suis pas triste de partir. Je veux faire le Conservatoire et j'ai hâte de m'y mettre, de vivre à Paris. J'ai hâte de vivre sans mes parents, aussi.

— C'est normal, c'est de ton âge.

— Peut-être… Mais pas que. Je ne veux plus vivre avec eux. En particulier avec mon père.

— Qu'est-ce qu'il a, ton père ?

— Disons que… Mon père est chiant. Voilà. Il ne me laisse pas respirer. Mais laisse tomber. C'est pas la peine d'en parler.

Un ange passe. Qu'est-ce qui me prend ? Les longues heures à rouler, le paysage hypnotique, la chaleur, la promiscuité, sa gentillesse… Je sens que quelque chose s'éveille en moi. De manière ténue mais troublante, mon âme tremble comme une bête s'ébroue pour qu'on la libère.

— J'ai des secrets, tu comprends ? Comme tout le monde, j'imagine, et ils sont bien là où ils sont. Ça causerait trop de malheur de les faire sortir… Enfin, je suppose. On dit bien : « Le silence est d'or. » Et puis, surtout, je veux qu'on me laisse tranquille.

— Tu sais ce que me disait ma grand-mère, Latza ? Elle me disait que tout finit par se savoir, d'une manière ou d'une autre. Toujours. Ce n'est qu'une question de temps. Elle me disait aussi qu'il faut oser être soi-même, pleinement. Alors tu es jeune, et quand on est jeune, rien n'est grave, n'est-ce pas ? Tout est possible. Alors ose, ça ne pourra que te soulager.

C'est important. Pas forcément avec moi. Tu n'as personne à qui te confier ? Tu ne pourrais pas en parler à ta mère ?

Je ne réponds pas. Il ne peut pas comprendre, évidemment. Ma mère... Je me suis juré, j'ai promis d'épargner ma famille – je suis si intimement convaincue que ma parole détruirait tout. Je ne sais pas que la parole éloigne la mort, que la parole fait vie. Pas la vie qu'on imagine, pas celle qu'on se raconte, mais une énergie de vie, une respiration nouvelle.

Bernard m'a fait croire que Soledad savait. Mais si elle savait quelque chose, nous ne serions plus là ; si elle avait appris quelque chose, notre famille aurait littéralement explosé : elle serait venue me voir et, déterminée, elle aurait ouvert une valise, mis ses quatre enfants dedans, et nous aurait ramenés en France par le premier vol.

— Je connais un peu ta maman, Latza. Je suis certain que tu peux te confier à elle. Une maman est là pour être à l'écoute, soutenir ses enfants, mais surtout et avant tout pour les protéger, tu ne crois pas ?

Que répondre à ça ? Je n'en sais strictement rien, je n'y ai jamais songé. Du plus loin que je me souvienne, je n'ai jamais eu la sensation que mes parents me protégeaient. En réalité, je suis celle qui préserve les autres de moi – moi, l'origine du mal.

Mieux vaut cesser de parler.

Mieux vaut relancer la programmation musicale, avec « Easy Lover » de Philip Bailer et Phil Collins, puis « The Power of Love » de Frankie Goes to Hollywood.

La route commence à être longue, mais Touggourt nous tend les bras. On sort se dégourdir les jambes, au milieu des femmes toutes de blanc vêtues. Je me crois au milieu d'une galerie de statues mouvantes, dont certaines ne découvrent qu'un seul œil derrière leur voile. Je les imagine toutes extraordinairement belles, à l'image de la grande femme rousse du hammam, tatouée au henné, qui voulait parler d'amour. La cité entière, même les arbres, semble se fondre dans le sable jaune et rouille.

Depuis notre discussion, dans la voiture, le doute s'est installé en moi. Je pense à ma mère, au fait que je ne l'ai jamais envisagée comme une alliée possible. Jusqu'ici, j'étais arc-boutée sur le mât de mon frêle radeau, sans la moindre terre en vue, bravant seule les mers démontées, et certaine que seule, je garderais le cap. Le dégoût et la peine sont des mirages, des leurres, des pièges susceptibles de m'attendrir, de m'engloutir. Je sauverais les miens de mon horreur, et telle une héroïne, je serais reconnue et respectée, dans le silence, en traçant mon chemin. Mais tandis que nous quittons Touggourt, l'idée de demander de l'aide à ma mère me travaille. Ce serait peut-être moins effrayant. Dans le fond, je n'ai que quinze ans.

Quelques heures nous séparent encore de Ghardaïa, où m'attend la famille. La nuit est là quand Fabrice m'embrasse devant l'entrée de l'hôtel, où nos chemins se séparent. Sans que je comprenne pourquoi, il ne monte pas saluer Bernard et Soledad. Pourquoi ne reste-t-il pas, ne serait-ce qu'une nuit, après un si long trajet, si éprouvant ?

Quand Soledad comprend qu'il est reparti, elle s'enferme dans les toilettes.

Ensemble dans les oasis, nous sautons à pieds joints dans les rigoles d'eau claire qui serpentent entre les palmiers ; on enjambe les peignes d'argile, ces barrages miniatures qui répartissent l'eau. La fraîcheur qui chemine entre les arbres nous saisit. Il y a de la magie dans l'air.

Les enfants sont émerveillés. Tout ce vert au milieu du désert !

Après une promenade dans cette île hors du temps, c'est la chasse aux trésors. Accroupis sous le soleil, on ramasse des roses des sables. Chacun de nous a son chèche noué autour du crâne – le mien est blanc. Nous grattons le sable dur à la recherche de trésors, il y en a à foison. Bernard est adossé à l'un des deux 4 × 4, à côté des chauffeurs-guides touareg, si mystérieux dans leurs tenues noires, leurs chèches bleu nuit, leurs visages masqués. Bernard observe sa tribu, sous le sourire bienveillant de Soledad. Je me surprends à scruter ma mère, ses fossettes, sa peau hâlée et la douceur qu'elle envoie à Bernard.

Le silence du désert aplanit tout.

Le vent du désert recouvre tout.

Une grande tente a été montée pour le dîner. À l'extérieur, l'un des Touareg prépare du pain : il a creusé un trou dans le sable et fait cuire une galette au cœur de la cendre. Le feu qui crépite, l'odeur du blé qui chauffe… Je me laisse porter.

Des rires me parviennent depuis la tente.

— Deux canards bavardent dans une mare… Le premier dit *coin coin*, et l'autre lui répond : « Tu parles allemand, toi, maintenant ?! »

Mon frère, à nul autre pareil.

Le Touareg attrape d'une main la galette brûlante. Il la tape contre sa cuisse, puis la caresse de ses doigts pour en retirer le sable et les cendres. Comme la croûte cuite, ses mains sont craquelées, tachées, rugueuses, épaisses et brunes. Sous mes yeux gourmands, il rompt le pain et m'en tend un morceau. Je croque, du sable craque sous mes dents. C'est désagréable, et très chaud, mais le goût de cendres et de mie dense est sublime.

Je suis envoûtée par cet homme. Il doit être beau sous son chèche. Il me fait penser au gardien, sauf que lui a la peau noire, lisse. Son regard est perçant. L'autre Touareg sort de la tente : il pose sa main sur mon épaule et murmure « dîner ». Je n'ai pas envie d'y aller, j'aimerais rester seule sous les étoiles, à me laisser griser par les flammes.

À l'intérieur de la tente, tous sont assis en tailleur sur de grands tapis, autour d'un plat de coucous. Chacun se sert de sa main gauche comme d'une cuillère, plongée dans la semoule. Les guides nous ont expliqué la technique : pour éviter de se toucher les lèvres avec les doigts, il faut amalgamer une boulette et la lancer dans sa bouche. On utilise toujours la main gauche – a priori, c'est celle dont on ne se sert pas aux toilettes. Soledad et Bernard avaient appris à manger avec les doigts lors d'un voyage avec des amis dans le grand Sud, à Tamanrasset. Les petites, elles, ont du mal. Après avoir répandu de la semoule partout sur le sol et sur leurs vêtements, elles finissent par éclater de rire, sous la surveillance mutique des deux Touareg. Je me demande ce qu'ils pensent, quelle peut être leur expression sous leur chèche.

Bernard s'énerve.

— Les filles, calmez-vous !

En vain. Le fou rire l'emporte. Seul Bernard reste renfrogné.

Et puis, si on dormait tous à la belle étoile ? Quelle bonne idée ! Tous, sauf Bernard.

Ce soir-là, je veille, longtemps.

Je veux les compter, toutes ces étoiles, en retrouver les noms, me promener, sauter de l'une à l'autre. Je dessine dans l'espace et le ciel m'absorbe tout entière.

Demain, tout va changer. Demain, le monde va faire un quart de tour et replacer chaque être de notre clan dans une nouvelle constellation. Je tourne un instant la tête vers ma mère endormie.

Son visage est paisible, presque fragile.

De Timimoun, il me restera la couleur rouge. Pas celle des ruelles et des façades, la couleur de l'agneau sacrifié.

J'attends debout, face à la porte. J'ai la tête baissée, et le sentiment de devoir foncer sur l'ennemi, sabre au clair, pour éloigner la peur. Tout mon corps est raide comme un bâton. Je contrains ma respiration à être longue, régulière.

À la guerre comme à la guerre. Je frappe à la porte.

Un « oui » lointain me répond.

J'ouvre. La pièce est plongée dans une quasi obscurité. Soledad est allongée, les yeux fermés, sur une méridienne de velours turquoise devant une fenêtre en moucharabieh. Elle bouge doucement la tête vers moi, entrouvre les paupières et tente un sourire difficile. La pénombre la soulage un peu d'une migraine épouvantable.

Je reste plantée à l'entrée, une fois la porte close, à détailler le corps de ma mère. Elle est si petite, si menue. Ses grandes boucles noires contrastent avec son gabarit miniature, qui lui donne l'air d'un fruit un peu desséché…

Avec son teint terne et la ride entre ses yeux qu'elle froisse jusqu'en haut du front, elle semble affaiblie.

À petits pas, je viens m'asseoir sur une chaise, à l'autre bout de la pièce. L'atmosphère est curieuse, nos gestes ont quelque chose de faux : Soledad qui me laisse entrer alors qu'elle est en pleine douleur ; moi qui reste mutique et solennelle. Plus rien ne sera comme avant ? Savons-nous déjà que rien n'est comme avant, que rien n'a jamais été « comme avant », comme cela aurait dû être ?

— Je suis venue te parler, maman.

À nouveau, ce silence.

Je n'ai rien préparé, rien anticipé. Quels mots employer ? Que raconter, exactement ? Remonter à mes trois ans ? Ce secret rien qu'entre papa et moi ; ce secret que j'avais un jour lâché dans le bus de ramassage scolaire à une copine à Madrid, « *Tengo un secreto con mi papa*[1] » ? Les tenues que j'avais le droit de choisir dans son placard pour sortir ? Les grands restaurants dans lesquels j'allais avec lui ? Les plateaux de fruits de mer ? La charlotte aux fraises ou les crêpes Suzette ? Le cœur en suspens parce que je savais le prix à payer en rentrant ?

Les mots sortiraient-ils, tels quels ? Les mots crus, les mots qui vous plongent la tête dans la réalité obscène, ignoble, dans la bassine de merde et étouffent tout sens commun : sueurs, odeurs, peur, sperme, poils, crampes, sucer, lécher, vomir, avoir mal, se taire… Ou bien faudrait-il procéder chronologiquement : trois ans, quatre ans, sept ans, huit ans, douze ans ?

Soledad a refermé les yeux.

1. « J'ai un secret avec mon papa. »

Ma voix se fraie un chemin et finit par remplir toute la pièce. Je choisis de parler de la lettre. Je dis qu'il a voulu faire l'amour avec moi, que j'ai expliqué que ça n'était pas une bonne idée. J'ose pudiquement juste un sous-entendu explicite. Les vrais mots me terrorisent.

— Il ne s'était plus rien passé de physique entre nous depuis quelques années.

Je garde la tête baissée, les mains coincées sous mes cuisses. Soledad, elle, a commencé à masser ses tempes, l'index et le majeur collés l'un à l'autre, appuyant fermement dans un geste régulier. Vers l'avant, un, deux, trois, quatre. Vers l'arrière, cinq, six, sept, huit.

J'hésite, je bute, je bafouille.

— Il y a eu, il n'y a plus, mais tout de même…

Je me tais, je relève la tête. J'ai un mal fou à dire. Les coudes écartés de Soledad bougent légèrement de part et d'autre de son corps. Je reste bloquée sur ses bras. Son visage, je ne peux pas, c'est au-dessus de mes forces. Je me focalise sur ses pieds, ses ongles vernis en bordeaux, la corne sur le côté de ses gros orteils, et sur le bord des talons.

Je tremble un peu. J'ai peut-être froid.

Et puis Soledad ouvre les yeux vers le moucharabieh. Elle cesse de se masser. Je le sais car j'ai enfin osé monter furtivement mes yeux vers son profil.

Puis Soledad me fixe enfin, moi, sa fille, sans bouger.

Je n'ai aucune expression particulière, j'attends.

Alors Soledad prend la parole.

— Je ne suis pas surprise. J'attendais ce moment ; j'attendais que tu viennes me voir pour m'en parler, si tu en ressentais le besoin.

Elle se tait.

— Tu as toujours été si proche de ton père, n'est-ce pas ? Depuis tes tout premiers pas... J'ai beaucoup réfléchi, Latzari. Tu es forte, très forte. Et tu t'en sortiras. Je peux t'assurer que tu t'en sortiras. À ton âge, Latzari, ça y est, c'est fini, on n'a plus besoin de ses parents. Moi, les miens, je les ai quittés quand j'avais treize ans – je n'ai pas eu le choix : il fallait rapporter de l'argent...

« Tu es forte. Il ne faut pas que tu t'inquiètes. Ton père est malade. Nous devons en être bien conscientes et l'accepter : il faut qu'il se soigne. Il a besoin d'aide. C'est aussi un bon père, Latzari... Et ton frère et tes sœurs ont besoin de lui, tu le sais. Ils sont encore jeunes, tu comprends ? Je ferai en sorte de les protéger.

« La famille peut tenir, s'en sortir... La famille doit rester soudée. Toi, tu vas aller de l'avant. Tu t'en sortiras, j'en suis certaine. Tu n'as plus besoin de nous. Tu entends, Latzari ? Tu es forte, ne l'oublie jamais, ne doute jamais de cela. Tu trouveras le moyen d'aller bien, et tu y parviendras seule... Il n'y a pas de doute possible. »

Elle pointe alors un petit meuble du doigt.

— Va voir dans le tiroir, il y a un petit carnet. Avec un poème pour toi. Tu comprendras.

Je m'exécute, dans un état second.

Mon âme est calme. Mon être est vide.

Ma mère se tourne à nouveau vers la fenêtre, signe que notre entrevue s'achève. Je me dirige vers la sortie, comme au ralenti. Je titube imperceptiblement, et j'esquisse un vilain sourire, une grimace à ma bêtise. Qu'avais-je redouté ? Qu'avais-je osé craindre ?

Je referme la porte et m'appuie contre le chambranle, comme pour ne pas tomber. Le calepin me brûle les doigts.

Je l'ouvre : *Pour L., de la part de Maman.*

J'ai envie de pleurer mais rien ne coule.

Le couloir semble interminable.

J'avance, tel un zombie. Mes pas me conduisent sur le toit de l'hôtel, mon corps se pose face au soleil couchant, et se laisse bercer par la prière des muezzins.

Alexandre et les petites me rejoignent. Lili chantonne :

— Trois p'tits chats, trois p'tits chats, trois p'tits chats-chats-chats / Chapeau d'paille, chapeau d'paille, chapeau d'paille-paille-paille / Paillasson, paillasson, paillasson-son-son / Somnambule, somnambule, somnambule-bule-bule…

On s'y met tous, et à chaque mot, on crie un peu plus fort.

— Tintamarre, tintamarre, tintamarre-marre-marre…

Je bascule.

Désormais les soleils seront trompeurs. Je remballe ma peine, j'entre dans une nouvelle sidération qui durera de longues années. Et je reprends ma route, persuadée que chacun de mes pas disparaît derrière moi.

Je commence une vie sans laisser de traces.

Pour L., de la part de Maman

Todo pasa y todo queda,
pero lo nuestro es pasar,
pasar haciendo caminos,
caminos sobre el mar.

Tout passe et tout demeure,
mais il nous revient de passer,
passer en traçant des chemins,
des chemins sur la mer.

Nunca perseguí la gloria,
ni dejar en la memoria
de los hombres mi canción ;
yo amo los mundos sutiles,
ingrávidos y gentiles,
como pompas de jabón.

Je n'ai jamais poursuivi la gloire,
ni voulu laisser dans la mémoire
des hommes ma chanson ;
j'aime les mondes subtils,
éthérés et doux,
comme des bulles de savon.

Me gusta verlos pintarse
de sol y grana, volar
bajo el cielo azul, temblar
súbitamente y quebrarse

J'aime les voir se peindre
de soleil et de pourpre, voler
sous le ciel azur, trembler
subitement et éclater.

Nunca perseguí la gloria.	Je n'ai jamais poursuivi la gloire.
Caminante, son tus huellas	Toi qui chemines, ce sont tes pas
el camino y nada más ;	le chemin, et rien de plus ;
caminante, no hay camino,	toi qui chemines, il n'y a pas de chemin,
se hace camino al andar.	le chemin se fait en marchant.
Al andar se hace camino	C'est en marchant qu'on fait le chemin
y al volver la vista atrás	et lorsqu'on regarde derrière soi
se ve la senda que nunca	on voit le sentier que jamais plus
se ha de volver a pisar.	on n'aura à fouler.
Caminante no hay camino	Toi qui chemines, il n'y a pas de chemin
sino estelas en la mar…	mais des sillages dans la mer…
Hace algún tiempo en ese lugar	Il y a longtemps en ce lieu
donde hoy los bosques se visten de espinos	où à présent les bois se revêtent de ronces
se oyó la voz de un poeta gritar	on entendit la voix d'un poète crier
"Caminante no hay camino,	"Toi qui chemines, il n'y a pas de chemin,
se hace camino al andar…"	le chemin se fait en marchant…"

Golpe a golpe, verso a verso…	Coup après coup, vers après vers…
Murió el poeta lejos del hogar.	Le poète est mort loin du foyer,
Le cubre el polvo de un país vecino.	recouvert par la poussière d'un pays voisin.
Al alejarse le vieron llorar.	En s'éloignant, on le vit pleurer.
"Caminante no hay camino,	"Toi qui chemines, il n'y a pas de chemin,
se hace camino al andar…"	le chemin se fait en marchant…"
Golpe a golpe, verso a verso…	Coup après coup, vers après vers…
Cuando el jilguero no puede cantar.	Quand le pinson ne peut chanter.
Cuando el poeta es un peregrino,	Quand le poète est un pèlerin,
cuando de nada nos sirve rezar.	quand rien ne nous sert de prier.
"Caminante no hay camino,	"Toi qui chemines, il n'y a pas de chemin,
se hace camino al andar…"	le chemin se fait en marchant…"
Golpe a golpe, verso a verso.	Coup après coup, vers après vers.

Antonio Machado

Mon visage est collé à la vitre. Je pleure sans bruit.

Mon frère et mes sœurs s'éloignent – les petites tiennent la main de leur mère. Elles me regardent, tirées par Soledad qui ne se retourne pas.

Le haut-parleur annonce le vol Air France pour Buenos Aires.

Alexandre marche à reculons, il ne cache pas ses larmes non plus. Je lui souris. Voilà ce qu'est la vie, un sourire griffé de larmes.

Je cale les écouteurs sur mes oreilles.

Supertramp, « Goodbye Stranger ».

Je suis dans mon film. La vie est un film.

Et ma famille disparaît dans les dédales du terminal.

Références bibliographiques

Page 88 :
Jean Tardieu, *Un mot pour un autre*, Gallimard, 1951.

Pages 88 et 226 :
René de Obaldia, *Le Cosmonaute agricole*, in *Théâtre complet*

Page 181 :
Jean Anouilh, *Antigone*, La Table ronde, 1946.

Page 145 :
Alphonse Daudet, *La Chèvre de M. Seguin*, in *Lettres de mon moulin*, 1869.

Page 263 :
Antonio Machado, *Proverbios y Cantares* (XXIX), *Poesías completas*, 1917

Playlist

Une playlist *Et pourtant, elle tourne* est disponible sur toutes les plateformes de streaming musical :

Page 28
Alain Bashung, « SOS Amor » (paroles et musique : Didier Golemenas et Alain Bashung ; éditeur : New Publishing Savour, 1984).

Page 36
Ivan, « Cena Fria » (paroles et musique : Luis Gomez Escolar Roldan, Njamin Barrington Whittier Be, Que vidal peiro Pedro Enri ; Editora Musical Autores Asociados SA, Ana Music SL, Nova Ediciones Musicales SA, EMI Songs, 1984).

Pages 37
Itzhak Perlman, *Carmen Fantasy*, « Havanaise » de Camille Saint-Saëns (orchestre philharmonique de New York dirigé par Zubin Mehta, Deutsche Grammophon, 1986).

Page 40
— Yves Montand, « Les Saltimbanques » (paroles et musique : Guillaume Apollinaire, Louis Bessières ; Jacques Plante, 1950).
— Michel Fugain et Le Big Bazar, « Le printemps est arrivé » (paroles et musique : Maurice Vidalin, Georges Blanes, Michel Fugain ; éditeur : Éditions musicales Le Minotaure, 1976).

Page 48
U2, *The Unforgettable Fire*, « Wire » (paroles et musique : Adam Clayton, The Edge, Bono, Laurence Mullen ; Universal Music Publishing International BV, Universal Music Publishing, 1984).

Page 65
— Kajagoogoo, « Too Shy » (paroles et musique : Christopher Hamill, Stuart Neale Croxford, Steven Askew, Nick Beggs, Jeremy Strode ; Infinite Music LTD, 1983).
— Kid Creole & The Coconuts, « Endicott » (paroles et musique : Kid Creole ; EMI Music Publishing Ltd, EMI Music Publishing France, 1985).

Page 70
— Partenaire particulier, « Partenaire particulier » (paroles et musique : Pierre Béraud Sudreau, Éric Fettweis ; arrangement : Thierry Durbet ; Société Dominique Mouyeaux, 1985).

— A-Ha, « Take on Me » (paroles et musique : Morten Harket, Pål Waaktaar-Savoy, Magne Furuholmen ; sous-éditeur : Sony ATV Music Publishing France, 1984-1985).
— Simple Minds, « Alive And Kicking » (paroles et musique : Charles Burchill, James Kerr [GB 2], Michael Joseph Mc Neil ; éditeur : EMI Music Publishing Ltd, Jim Kerr Management Concultancy Ltd, BMG Rights Management UK Ltd ; sous-éditeur : EMI Music Publishing France, BMG Rights Management France, 1985).

Page 73
George Michael, « Careless Whisper » (paroles et musique : George Michael et Andrew J. Ridgeley ; éditeur : Morrison Leahy Music Ltd, WHAM Music Ltd (GB 2) ; sous-éditeur : Morrison Leahy Music Ltd, WHAM Music Ltd [GB 2], Cie Chappell, 1984).

Page 75
Jesse Garon, « C'est lundi » (paroles et musique : Bruno Fumard ; éditeur : X Music, Universal Music Publishing, 1983).

Page 76
The Pretenders, « Middle of the Road » (paroles et musique : Chrissie Hynde ; éditeur : Hynde House of Hits, 1984).

Page 77
Les Frères Jacques, « Méli-mélo » (paroles et musique : Joseph Bovet ; éditeur : Éditions musicales Frédy-Henry, 1955).

Page 82
Lou Reed, « Walk On The Wild Side » (paroles et musique : Lou Reed ; sous-éditeur : Sony ATV Music Publishing, 1972).

Page 97
— Richard Gotainer, « Primitif » (paroles et musique : Richard Gotainer et Alvin Cambrian ; éditeur : Gatkess Productions, 1981).
— Les Avions, « Nuit sauvage » (paroles et musique : Jean-Pierre Morgand, Pierre André d'Ornano et Jean Nakache ; éditeur : De Corps et d'esprit, 1986).
— Robert Palmer, « Looking for Clues » (paroles et musique : Robert Palmer ; éditeur : Bungalow Music, Société P. E. C. F., 1980).
— Phil Collins, « Against All Odds (Take a Look at Me Now) » (paroles et musique : Phillip Collins ; éditeur : Imagem, EMI Music Publishing France, 1984).
— Soft Cell, « Tainted love » (paroles et musique : Ed Cobb, éditeur : Universal Music, 1981)
— Supertramp, « Dreamer » (paroles et musique : Roger Hodgson, Davies Richard ; sous-éditeur : Universal Music Publishing, 1974).

Page 100
Richard Gotainer, « Le Mambo du décalco » (paroles et musique : Richard Gotainer et Alvin Cambrian ; éditeur : Gatkess Productions, 1982).

Page 103
Yes, « Owner of a Lonely Heart » (paroles et musique : John Anderson, Trevor Horn, Trevor Rabin, Chris Squire ; éditeur : Unforgettable Songs Ltd, Affirmative Music, Tremander Songs, Carlin Music Corp ; sous-éditeur : BMG Rights Management [France], Société P. E. C. F., Downtown Music UK Ltd, EMHA, 1983).

Page 111
The Beatles, « Oh ! Darling » (paroles et musique : John Lennon, Paul McCartney ; éditeur : Northern Songs Ltd, Maclen Music Ltd ; sous-éditeur : Sony ATV Music Publishing France, 1969).

Page 125
Gilbert Bécaud, « Quand tu danses » (paroles et musique : Pierre Delanoë, Gilbert Bécaud, Gérald Frank ; arrangement : Albert Lasry ; sous-éditeur : Universal Music Publishing MGB France, 1953).

Page 126
— Gilbert Bécaud, « Les Marchés de Provence » (paroles et musique : Louis Amade, Gilbert Bécaud, arrangeur : Henry Leca, sous-éditeur : Universal Music Publishing MGB France, 1957)
— Serge Lama, « Les P'tites Femmes de Pigalle » (paroles et musique : Jacques Datin ; éditeur : Éditions Plein Soleil SARL, 1973) ; « D'aventures en aventures » (paroles et musique :

Yves Gilbert, Serge Lama ; éditeur : Musique Contemporaine SA, sous-éditeur : Éditions Francis Salabert, 1968)
— The Police, « Every Little Thing She Does Is Magic » (paroles et musique : Sting ; sous-éditeur : EMI Music Publishing France, 1981).

Page 127-128
— The Beatles, « Norwegian Wood » (paroles et musique : John Lennon, Paul McCartney ; éditeur : Northern Songs Ltd, Maclen Music Ltd ; sous-éditeur : Sony ATV Music Publishing France, 1965), « Blackbird » (paroles et musique : John Lennon, Paul McCartney ; éditeur : Northern Songs Ltd, Maclen Music Ltd ; sous-éditeur : Sony ATV Music Publishing France, 1969), « Here, There And Everywhere » (paroles et musique : John Lennon, Paul McCartney ; éditeur : Northern Songs Ltd, Maclen Music Ltd ; sous-éditeur : Sony ATV Music Publishing France, 1966), « Dear Prudence » (paroles et musique : John Lennon, Paul McCartney ; éditeur : Northern Songs Ltd, Maclen Music Ltd ; sous-éditeur : Sony ATV Music Publishing France, 1968).

Page 129
— Lloyd Cole and The Commotions, « Lost Weekend » (paroles et musique : Neil Clark, Lloyd Cole, Lawrence Donegan ; éditeur : CBS Songs Ltd ; sous-éditeur : EMI Songs France, 1985).

Page 131
— Bronski Beat, « Why ? » (paroles et musique : Jimmy Somerville, Steve Bronski, Larry Steinbachek ; sous-éditeur : Kobalt Music Publishing Ltd, Warner Chappell Music France, 1984).
— The B-52's, « Rock Lobster » (paroles et musique : Ricky Helton Wilson, Frederick William Schneider, Kate Pierson, Keith Strickland, Cynthia Wilson ; sous-éditeur : Sentric Music Ltd, Kobalt Music Publishing Ltd, 1978).

Page 135
— The Stranglers, « European Female » (paroles et musique : Brian John Duffy, Jean-Jacques Burnel, Hugh Cornwell, Dave Greenfield ; éditeur : Plumbshaft Ltd ; sous-éditeur : Universal Music Publishing MGB France, 1982).

Page 137
Ariel Ramírez, *La Misa Criolla* (livret d'Antonio Osvaldo Catena, Mayol Alejandro, Jesús Gabriel Segade ; éditeur : Pigal Ediciones Musicales ; sous-éditeur : Warner Chappell Music France, 1964).

Page 138
— Franz Schubert, *Ave Maria.*
— Giacomo Puccini, *Turandot,* « Nessun dorma ».
— Georges Bizet, *Carmen,* « Toréador, en garde ».

Page 162
Sergueï Prokofiev, *Pierre et le Loup.*

Page 167-168

— Nina Hagen, « Unbeschreiblich Weiblich » (paroles et musique : Nina Hagen, Manfred Praeker ; éditeur : EMI Songs Musik Verlag ; sous-éditeur : EMI Songs France, 1978), « African Reggae » (paroles et musique : Nina Hagen, Reinhold Heil, Bernhard Potschka ; éditeur : Spiff Edition ; sous-éditeur : EMI Songs France, 1979).

— Talk Talk, « Such a Shame » (paroles et musique : Mark David Hollis ; Éditeur : Hollis Songs Ltd ; sous-éditeur : Universal Music Publishing, 1984).

— Talking Heads, « Once in a Lifetime » (paroles et musique : David Byrne, Christopher Frantz, Jerry Harrison [USA 1], Martina Weymouth, Brian Peter George Eno ; éditeur : Index Music Inc, EG Music Ltd (GB 1) ; sous-éditeur : Société PECF, Universal Music Publishing MGB France, 1980).

— Joe Jackson, « Steppin' out » (paroles et musique : Joe Jackson ; sous-éditeur : Kobalt Music Publishing Ltd, 1982).

Page 178

Paco de Lucía, John McLaughlin, Al Di Meola, *Friday Night in San Francisco* (album enregistré le 5 décembre 1980 au Théâtre Warfield, sorti en 1981).

Page 182

Anne Sylvestre, « Pour jouer avec maman » (paroles et musique : Anne Sylvestre, BC Musique, 1977).

Page 193
Gheorghe Zamfir, Marcel Cellier, « Jocuri Din Banat, Deux danses du Banat » (arrangeur : Marcel Cellier, Gheorge Zamfir, éditeur : Éditions Cellier, 1976).

Page 202
Jacques Brel, « On n'oublie rien » (paroles et musique : Jacques Brel, Gérard Jouannest ; éditeur : Éditions musicales Tutti Intersong SARL, Éditions Jacques Brel ; sous-éditeur : Warner Chappell Music France, 1961).

Page 208
Steve Waring, « La Baleine bleue » (paroles et musique : Steve Waring ; éditeur : Le Chant du monde, 1987).

Page 208-209
Indochine, « L'Aventurier » (paroles et musique : Nicolas Sirchis, Dominique Nicolas Leteurtre, 1982).

Page 210
Tears For Fears, « Everybody Wants to Rule the World » (paroles et musique : Ian Stanley, Roland Orzabal, Chris Hughes ; éditeur : BMG 10 Music Ltd, BMG VM Music Ltd, 1985).

Page 211
The Cure, « Love cats » (paroles et musique de Robert Smith ; éditeur : Fiction Songs LTD ; sous-éditeur : Universal Music Publishing France, 1983).

Page 251
— U2, « Bad » (paroles et musique : Adam Clayton, The Edge, Bono, Laurence Mullen ; Universal Music Publishing International BV, Universal Music Publishing, 1984).
— Eurythmics, « There Must Be an Angel » (paroles et musique : Annie Lennox, Dave Stewart ; éditeur : DnA Ltd ; sous-éditeur : Universal Music Publishing MGB France, 1985).
— Depeche Mode, « Shake the disease » (paroles et musique : Martin L. Gore ; éditeur : Grabbing Hands Music Ltd ; sous-éditeur : EMI Music Publishing France, 1985).
— Nick Kershaw, « The Riddle » (paroles et musique : Nicholas Kershaw ; sous-éditeur : Imagem, 1984).

Page 253
— Philip Bailer et Phil Collins, « Easy Lover » (paroles et musique : Nathan East, Philip Bailey, Phil Collins ; sous-éditeur : Universal Music Publishing MGB France, Universal Music Publishing, Imagem, 1984).
— Frankie Goes to Hollywood, « The Power of Love » (Brian Nash, Holly Johnson, Peter Gill [GB], Mark O'Toole ; sous-éditeur : Universal Music Publishing, 1984).

Page 267
— Supertramp, « Goodbye Stranger » (paroles et musique : Richard Davies, Roger Hodgson ; éditeur : Delicate Music, Almo Music Corp ; sous-éditeur : Rondor Music France, 1979).

Je remercie

Wilfried L.,
Anne D.,

ainsi que les solides, les précieuses et précieux, les étonnantes et étonnants, les bienveillantes et bienveillants, les fous et folles, les indispensables :

Pauline G., Franck W., Laurence G., Michel D., Amaia L., Xavier L., Nathalie I., Philippe A., Nel V. D. V., Jean-François G., Delphine A., Héctor C. R., Natasha C., Antoine C., Catherine L., Jean A., Élodie V., Nicolas D.R., Nath P., Éric L., Isabelle L., Pat P., Thierry H., Joëlle N., Françoise D., Jean-Marc B., Sophie B., Amélie L., Txuri A., Jean-Luc G., Cyril D., Martine T., David C., Lætitia C., Hugues N.

et, tout particulièrement, mon arbre,
Le Loup…

Imprimé en France par CPI
en décembre 2020

Composition et mise en pages
Nord Compo à Villeneuve-d'Ascq

FSC
www.fsc.org
MIXTE
Papier issu de
sources responsables
FSC® C003309

L'éditeur de cet ouvrage s'engage dans une démarche
de certification FSC® qui contribue à la préservation
des forêts pour les générations futures.

Pour en savoir plus :
www.editis.com/engagement-rse/

N° d'édition : 60688/01
N° d'impression : 160155